蘭船東去

胡椒、渡渡鳥與紅髮人的航海之旅

張焜傑

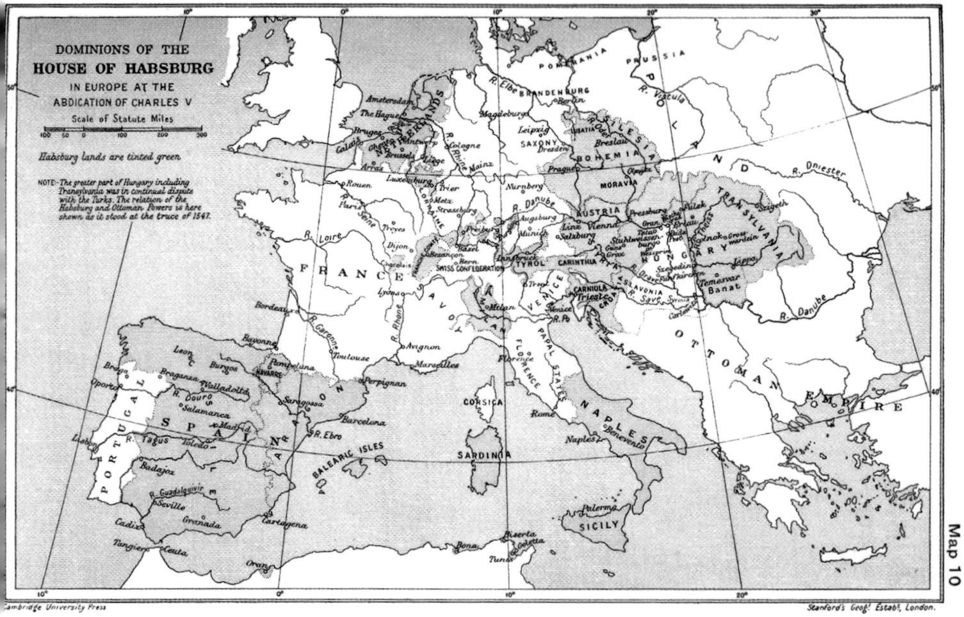

哈布斯堡王朝在1547年的統治範圍。

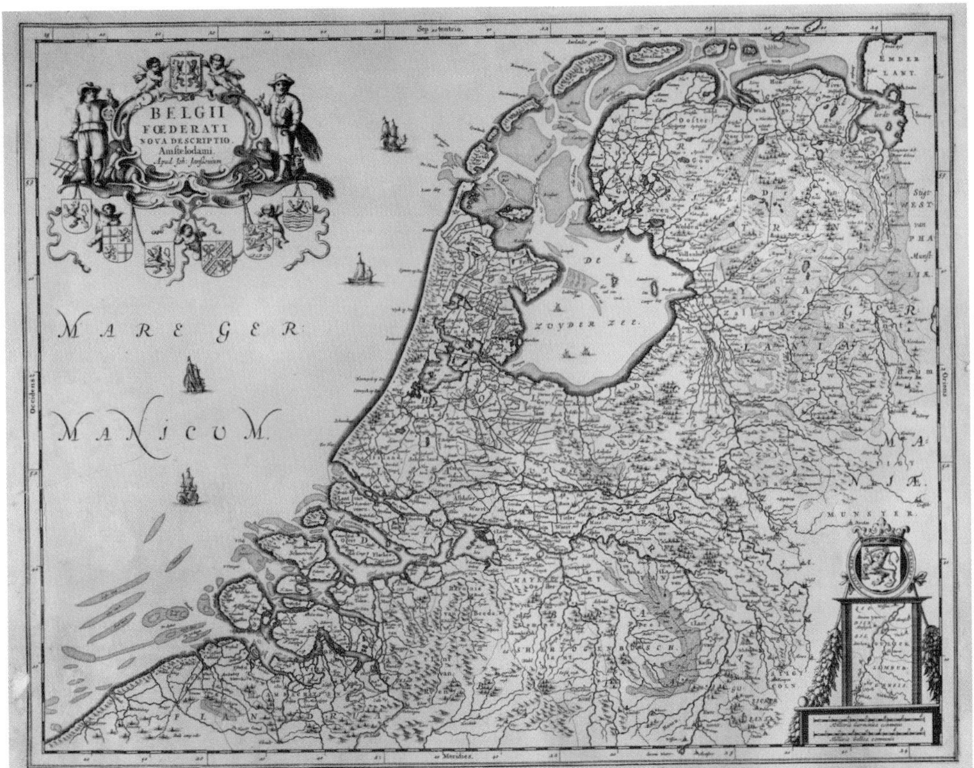

Joannes Janssonius的尼德蘭共和國地圖，於1658年在阿姆斯特丹出版。

奧倫治親王「沉默者」威廉肖像。

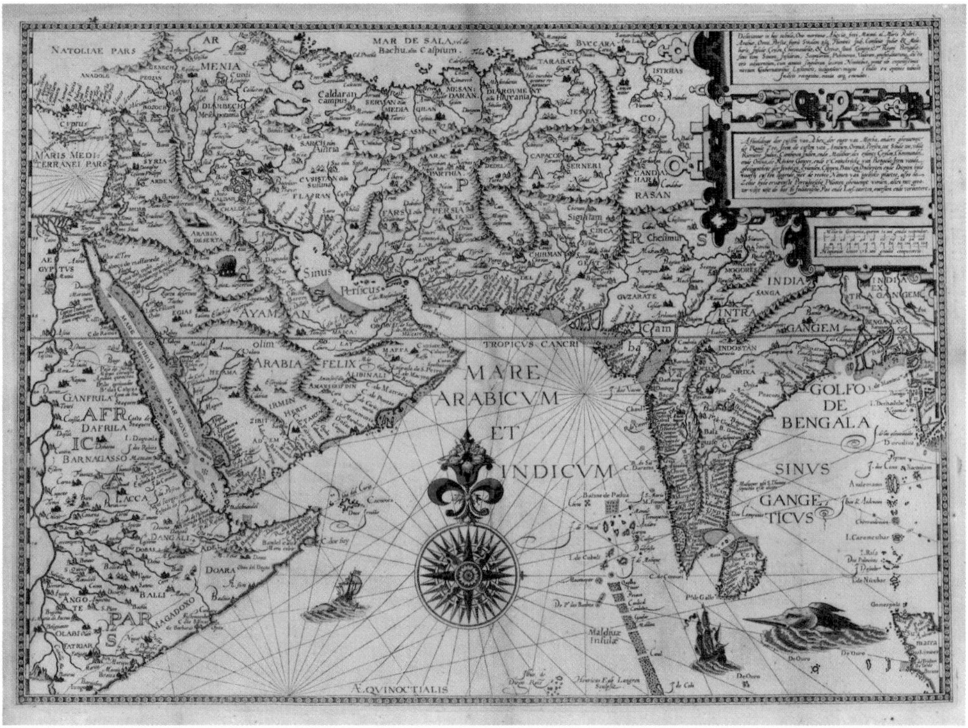

范林斯登（Jan Huygen van Linschoten）於1598年所出版的東方地圖。范林斯登曾經擔任葡萄牙人在印度果亞（Goa）的主教秘書，是當年少數具有東方經驗的荷蘭人。這份「指南」也令荷蘭商人燃起了亞洲香料貿易的希望。

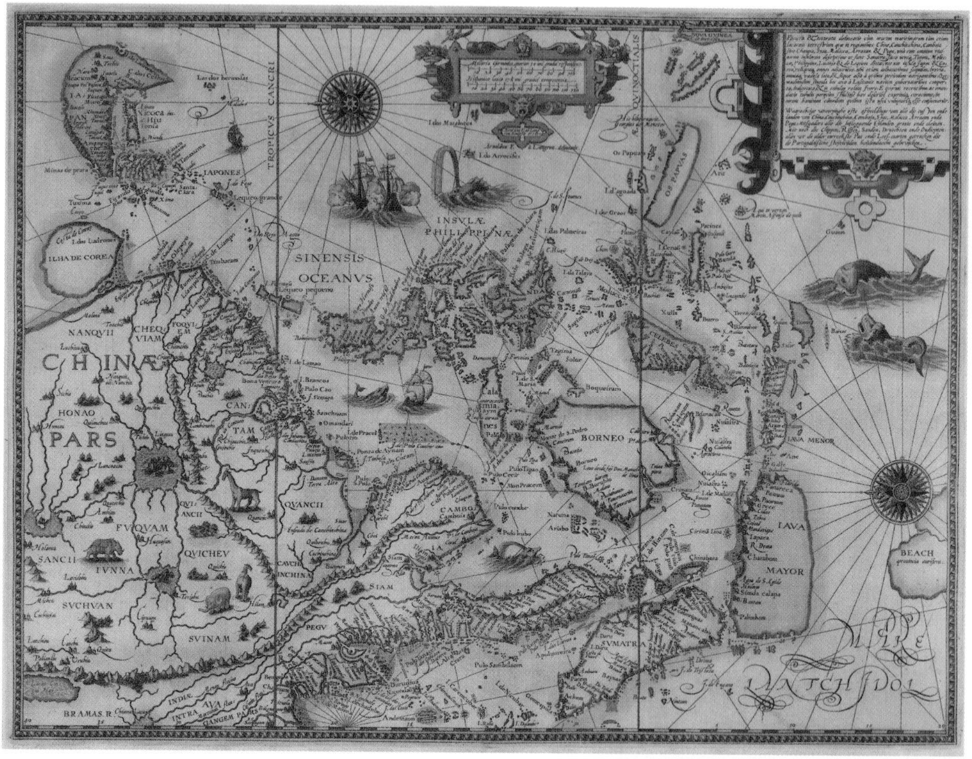

果亞主教秘書范林斯登於1598年所出版的「指南」一書中，包含了一張東南亞地圖。這張地圖的上方為東方，這種方位標示代表作者預設使用者將朝著上方（前方）出發——也就是說，這是一張前往東方的海圖。左邊為中國以及馬來半島，圖中心位置為婆羅洲，右下方是蘇門答臘以及爪哇。在當時，葡萄牙人已經完成了這些區域的探勘。

阿姆斯特丹水壩廣場，由荷蘭畫家 Gerrit Adriaenszoon Berckheyde 所繪。畫面中最高大的建築物為阿姆斯特丹市政廳，如今成為皇宮；另外可以看到市民們在廣場上面進行交易。

尼德蘭共和國大法議長約翰・范・奧登巴那維（Johan van Oldenbarnevelt）肖像。

林布蘭（Rembrandt Harmenszoon van Rijn）所畫的荷蘭商人聚會。雖然此畫作完成於1662年，離本故事的時空晚了約60多年，但還是可以透過這張畫想像荷蘭貿易商們是什麼樣貌。

莫里斯（Maurits van Oranje）王子，日後的莫里斯親王。建立歐洲第一個現代化陸軍，軍功顯赫，是八十年戰爭中尼德蘭共和國的重要將領。

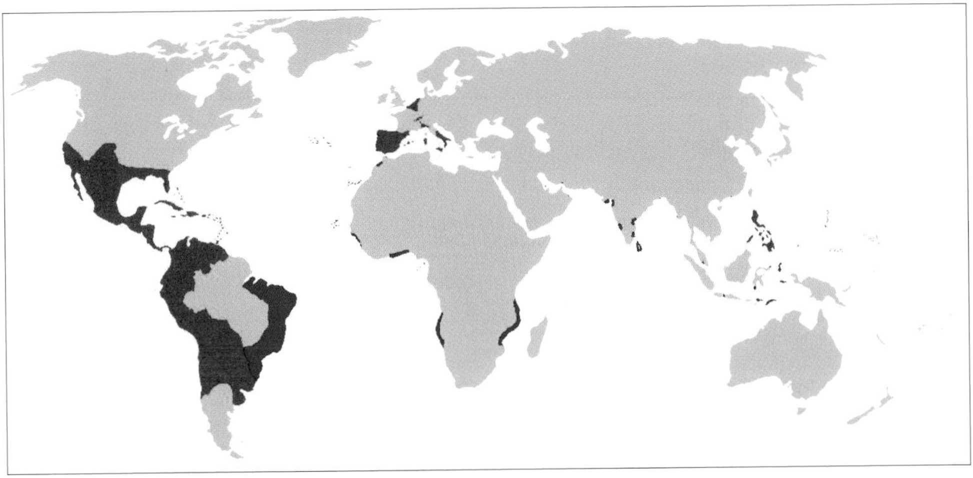

1600年前後，西班牙與葡萄牙稱霸世界。雖然哈布斯堡王族一分為二，西方那支西班牙哈布斯堡王族在兼任了葡萄牙國王之後，不只統治面積增加，更是掌控了海路。圖中紅色為西班牙勢力範圍，藍色為葡萄牙勢力。

荷蘭船隊。畫作創作於1762年，作者無名。畫中可以看到船隊上面懸掛的旗幟並非今日荷蘭的紅白藍三色國旗，而是橘色、白色、天藍色。這張旗幟被稱為奧倫治親王旗，由「沉默者」威廉於1577年開始使用。在八十年戰爭中，這面旗幟隨著親王們的軍團到處出現，逐漸成為了當時團結尼德蘭的一個象徵。

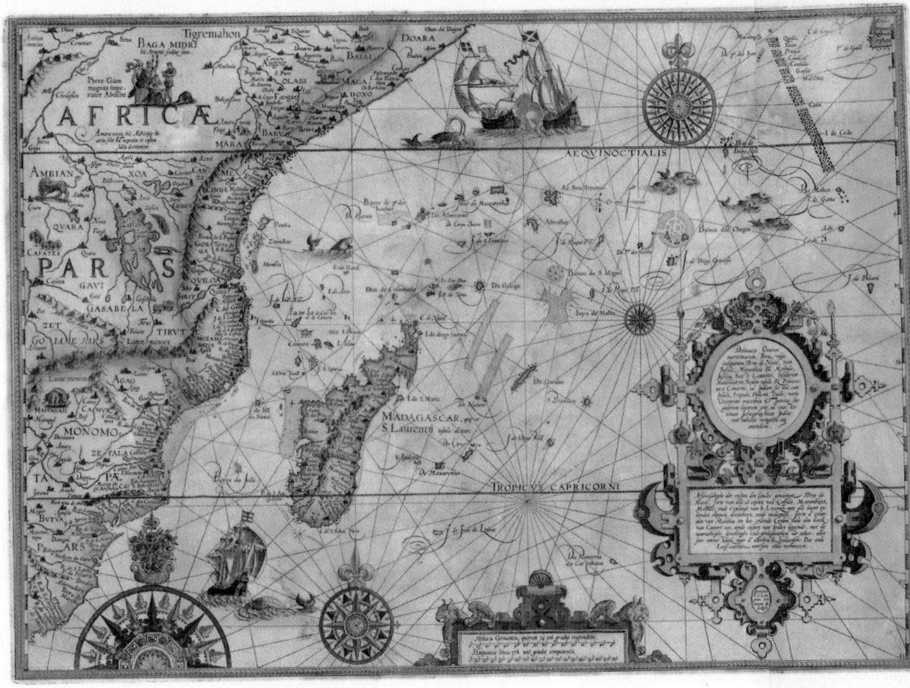

馬達加斯加地圖，由荷蘭製圖家Arnold Florent van Langren製作於1596年。

白鴿號，1999年復刻版。白鴿號第一次登場，就是荷蘭人第一次遠征；然而，讓這艘快船名留青史的，是她成功探勘了澳大利亞，發現了這塊全新的土地。

荷蘭船艦開砲。這是荷蘭畫家Willem van de Velde於1680年所畫的The Cannon Shot。十六、十七世紀的海戰中，加農炮是主要的遠程武器；但是一發射就硝煙四起，看都看不清，所以多半要邊發射邊移動。

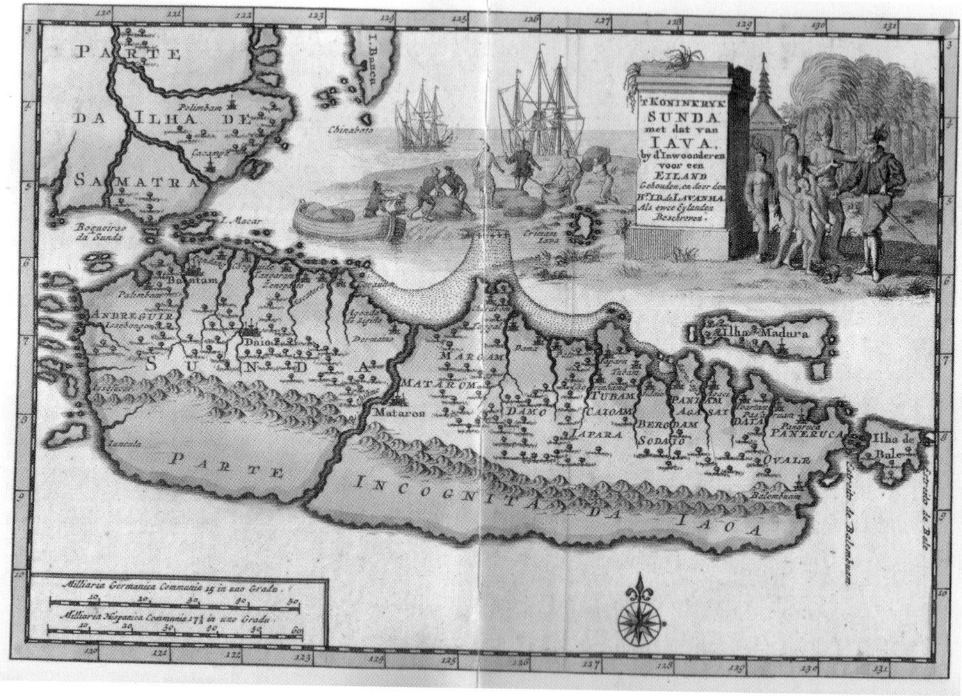

十八世紀荷蘭人所出版的爪哇地圖。圖中的大島為爪哇島，島上的西北角處，一個紅色宮殿符號標示出萬丹；柯內里斯一行人離開萬丹之後，往東方航行，在東北角遭到了砲擊，而後撤退至圖中東方綠色的島嶼峇里島（Bali）避難。

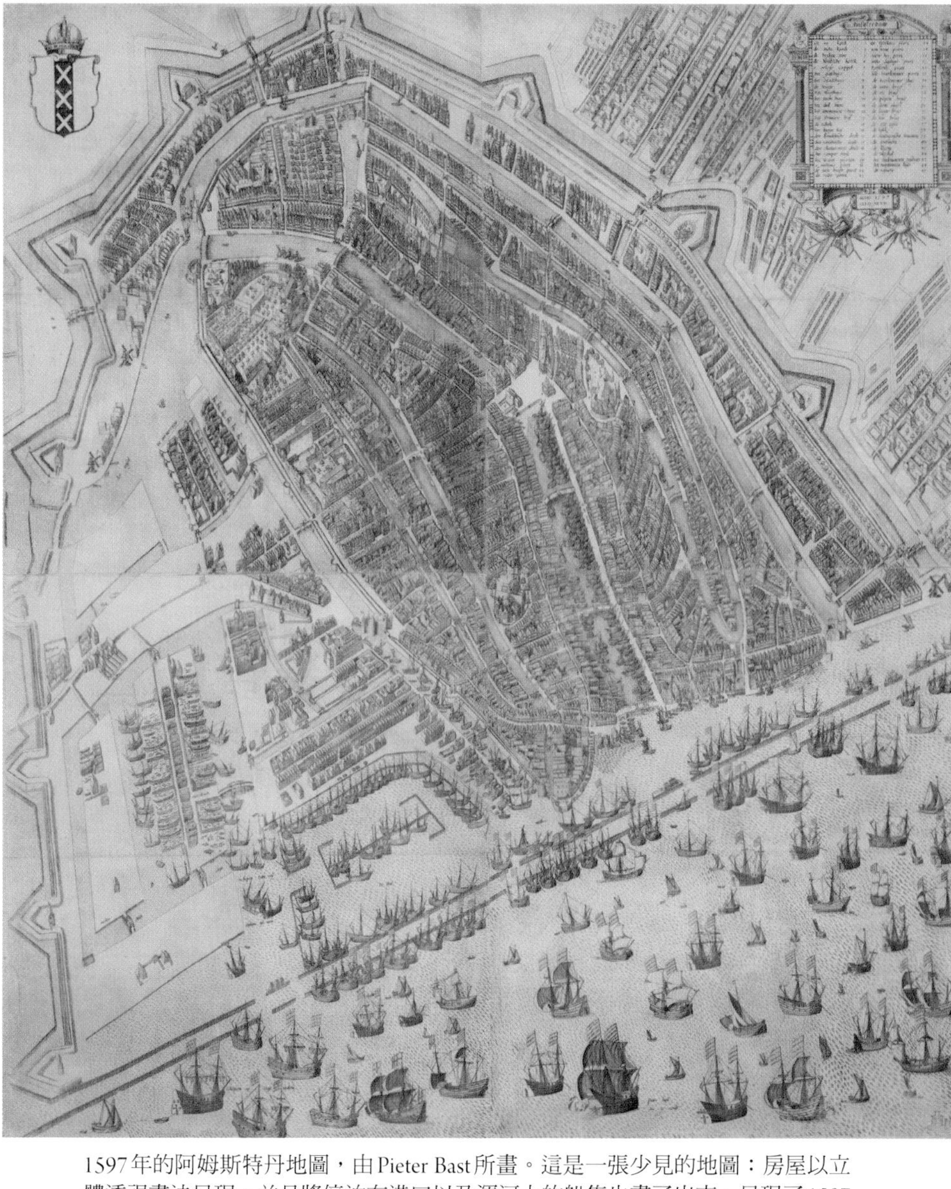

1597年的阿姆斯特丹地圖，由Pieter Bast所畫。這是一張少見的地圖：房屋以立體透視畫法呈現，並且將停泊在港口以及運河上的船隻也畫了出來，呈現了1597年、那個荷蘭大航海時代爆發前夕的阿姆斯特丹。

雅各・范聶克（Jacob Cornelius van Neck）於1599年率領荷蘭第二艦隊自遠東回歸阿姆斯特丹。此幅畫作的作者是Andries van Eervelt，圖中右邊的城市是阿姆斯特丹，畫中四艘大船是「上艾瑟爾（the Overijssel）」、「菲士蘭（the Vriesland）」、「莫里斯（the Mauritius）」、「荷蘭迪亞（the Hollandia）」。

Het Tweede Boeck一書中紀錄第二艦隊在模里西斯島上獵捕渡渡鳥。范聶克在馬達加斯加附近的海面上四處搜尋失散的同伴，遍尋不著，卻找到一座葡萄牙人稱為「天鵝島」的小島，荷蘭人在此登陸補給。島上資源缺乏，卻有一種在陸上步行的大鳥，因為島上缺乏天敵，翅膀退化不會飛行——荷蘭人稱之為渡渡鳥（Dodo），意思是「懶人」。飢餓的荷蘭人獵捕渡渡鳥為食，並將這座天鵝島重新命名為模里西斯（Mauritius），要榮耀當時的荷蘭守護者莫里斯王子（Prince Mauritius）。不像葡萄牙人離棄這座小島，日後，荷蘭人對這座遺世獨立的小島進行殖民；然後，就在不到一百年間，演化歷經千年、曾經無憂無慮在小島上奔馳的渡渡鳥，自此絕跡，成為荷蘭東航的第一批受害者。「死得像渡渡鳥一樣（as dead as a Dodo）」，意思是徹頭徹尾消失，再也無法挽回。

馬萊哈雅蒂（Malahayati），又被稱作Keumalahayati，全名Laksamana Malahayati。亞齊貴族，在丈夫戰死於葡萄牙人之後，以女性的身份入伍，官拜元帥。被認為是歷史上第一個女將領。

寡婦堡（Benteng Inong Balee）的遺跡，由馬萊哈雅蒂於1599年建造。寡婦堡內駐紮著寡婦軍團（Inong Balee）——由戰場上失去丈夫與兒子的亞齊寡婦們組成，馬萊哈雅蒂將她們訓練成一支令歐洲人聞風喪膽的軍隊。

費樂艦隊。圖為澤蘭省富豪巴爾薩札（Balthazar de Moucheron）在1601年派出的另一隊費樂艦隊。圖中三艘船分別是「綿羊號（Het Schaap）」、「羔羊號（Het Lam）」以及前導船「萊姆號（De Ram）」。綿羊號以及羔羊號與第十章中的雄獅號、雌獅號屬於同級武裝商船。

在荷蘭東印度公司成立之前，在荷蘭有六大商業勢力，按照城市劃分；在東印度公司成立之後，六大商會合而為一，原來的商會轉而成為六個分公司。每個分公司的徽章皆由東印度公司的縮寫VOC為主要元素，再加上城市本身的字首。上圖為六個分公司的徽章，從左上開始順時鐘至左下，依序是阿姆斯特丹（Amsterdam）、密德爾堡（Middleburg）、鹿特丹（Rotterdam）、台夫特（Delft）、荷恩（Hoorn）以及恩克森（Enkhuizen）。

鹿特丹東印度大樓（het Oostindisch Huis），素描畫作繪於1700年代。本棟大樓不幸毀於1940年德軍對鹿特丹的轟炸之中。

台夫夏芬（Delfshaven）是一座緊鄰於鹿特丹市區的海港，名稱來自於「台夫特的港口（port of Delft）」，作為內陸的台夫特（Delft）的出海口。台夫夏芬被建造於1389年，在荷蘭東印度公司活躍時期，成為低地國內重要的出海口之一。沿著新馬斯河的河岸，東印度公司在此建立了許多的碼頭以及倉庫。台夫夏芬逃過了二次大戰時納粹德國對鹿特丹的大轟炸，是目前鹿特丹地區僅存的東印度建築群。（資料來源：作者攝影於2011年）

位於荷恩 Onder de Boompjes的東印度公司倉庫：東印度之家。這座倉庫建立於1606年，以其建築物上的外壁雕刻聞名。拿破崙征服歐洲之後，以其兄弟洛德維克為荷蘭王；新國王認為他必須融入荷蘭文化之中，進而進行了一系列的文化保存與發揚運動。在這樣的氛圍下，位於荷恩的這座東印度倉庫，被當作昔日黃金時代美好記憶（對荷蘭人來說）的一部分，被劃分成為荷恩市的資產，成為了一座東印度公司紀念博物館。（資料來源：Olivia Dung攝影）

恩克森的東印度公司舊總部：英國塔（Engelse Toren）。該大樓原為當地商人聚會之處，東印度公司成立之後，英國塔被正式定為恩克森分公司總部；1630年恩克森分公司另擇他處興建辦公大樓，1816年新大樓遇火災焚毀，恩克森分公司決定不再建大樓，將辦公室搬遷到阿姆斯特丹。（資料來源：陳亮宇攝影）

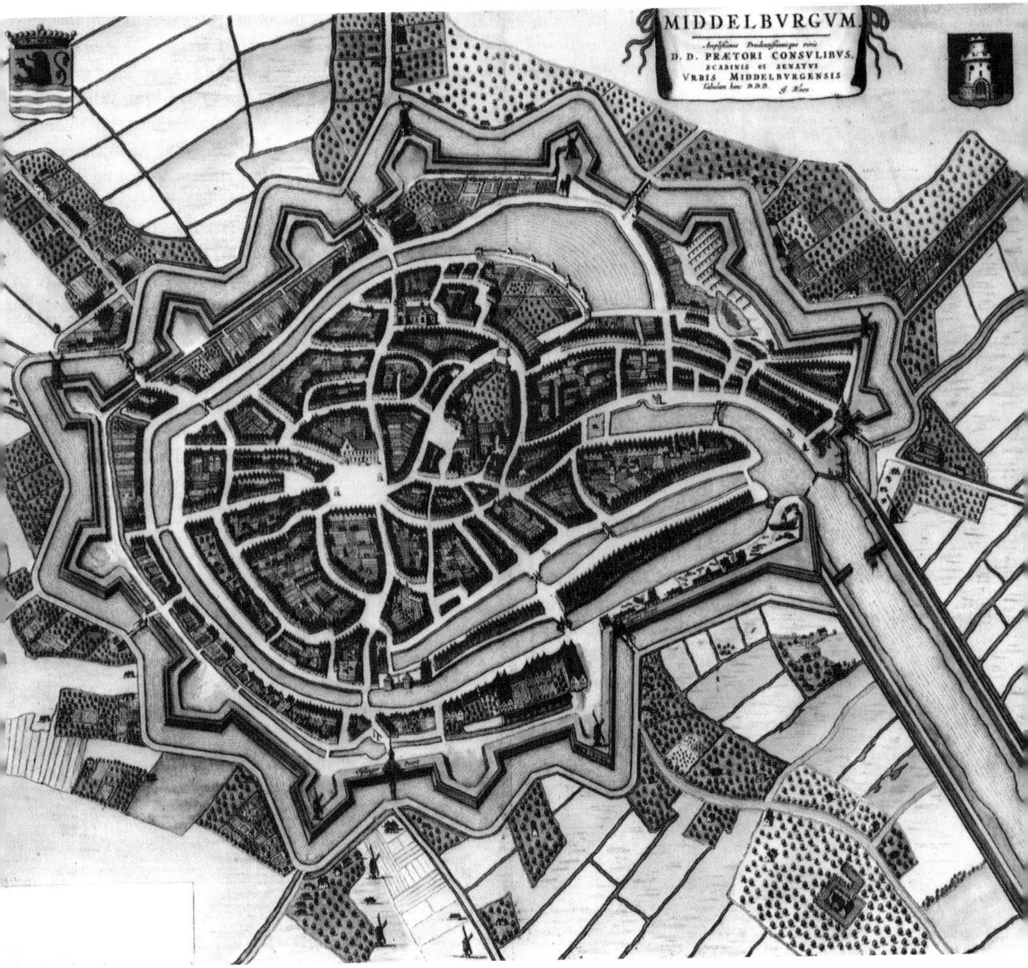

密德爾堡地圖，出自荷蘭城市地圖集（Dutch city maps），由知名製圖家族Willem Blaeu和Joan Blaeu父子於1645年所編輯出版。密德爾堡座落於荷蘭共和國的西南方省份澤蘭沙洲之上。名稱的由來，是因為這座堡壘座落於棟堡（Domburg）與紹堡（Souburg）之間，是一座「中間的城堡」。本圖左上方繪製了澤蘭省的海中雄獅徽章，右上角繪製了密德爾堡的紅底堡壘徽章。

澤蘭省與密德爾堡的徽章。左圖為澤蘭省的海中雄獅，雄獅圖案來自於勃艮地雄獅；右圖為密德爾堡的紅底堡壘，外部以羅馬鷹裝飾。勃艮地雄獅和羅馬之鷹大量出現在荷蘭各地的徽章圖騰中，隱含著各地政權的歷史脈絡。（資料來源：陳亮宇攝影）

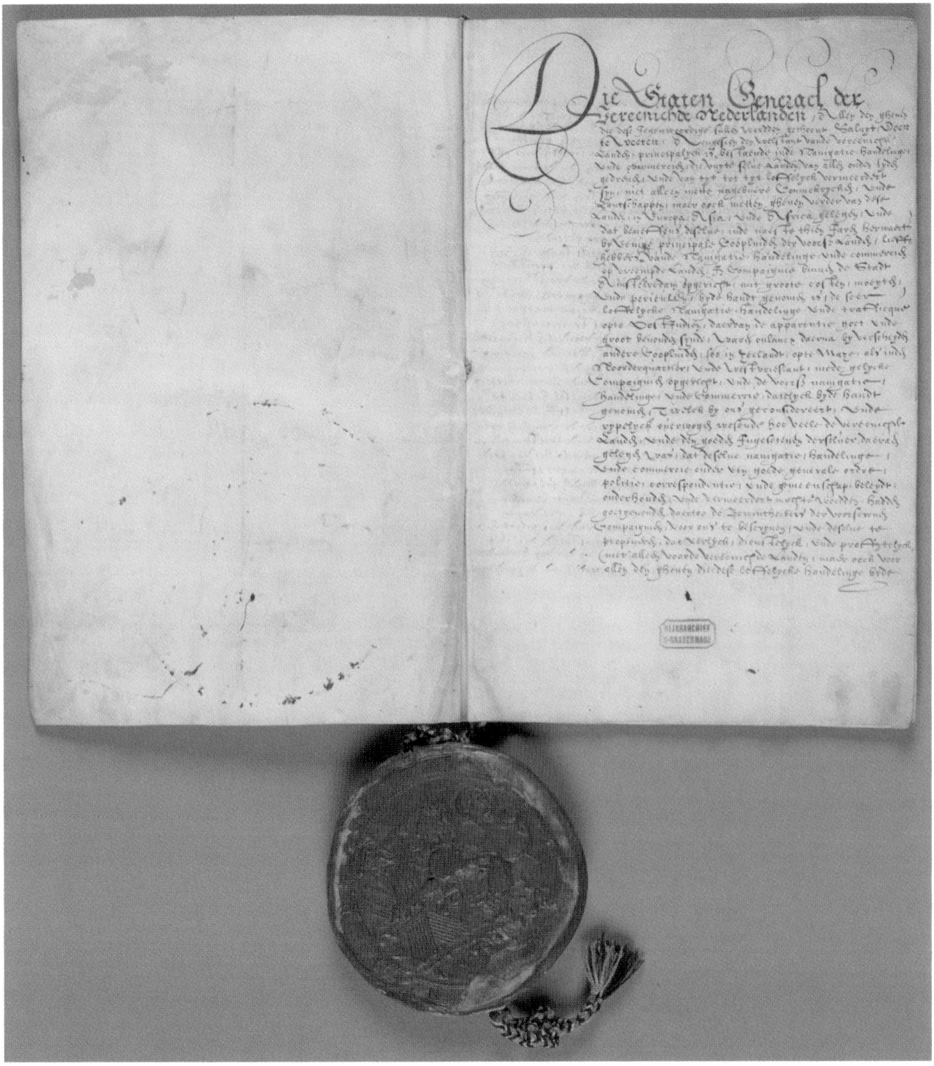

1602年東印度公司特許令（Octrooi van de VOC uit 1602）。由尼德蘭七省共和國聯合執政授予東印度公司東起好望角、西至麥哲倫海峽獨家貿易的權利，為期21年。特許令另被收藏於荷蘭國家資料館，載明了東印度公司的各種權利、義務、與規範；圖中特許令下方有一紅色蠟印，其圖案為雄獅手握寶劍與七箭，這是共和國聯合執政的用印。

上圖為東印度公司總部，今日的阿姆斯特丹大學。下圖是東印度公司總部內，執行董事十七紳士們會議之處：長桌上圍繞著十八把椅子，分別由十七名董事（包含主席）以及秘書（律師）列席。

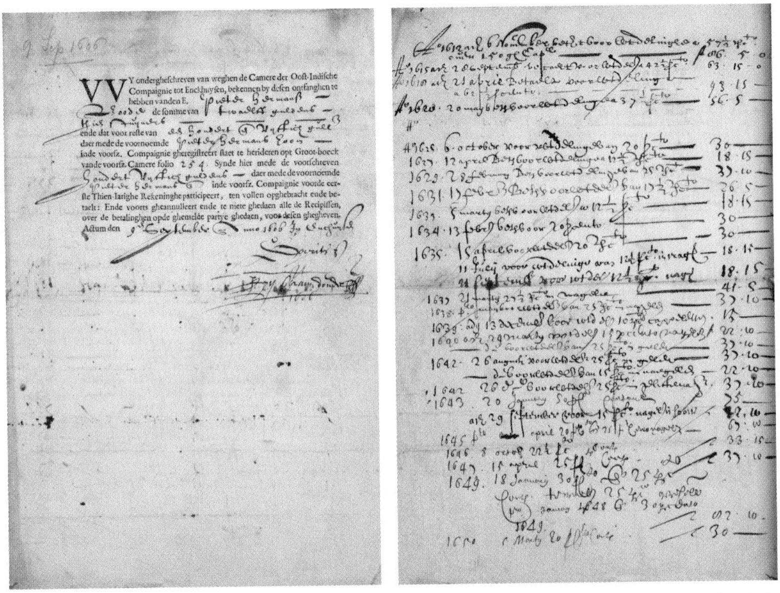

WY onderghefchreven van weghen de Camere der Ooft-Indifche Compaignie tot Enckhuyfen, bekennen by defen ontfanghen te hebben vanden E. [illegible] de fomme van [illegible] ende dat voor refte van [illegible] daer mede de voornoemde [illegible] inde voorfz. Compaignie gheregiftreert ftaet te herideren opt Groot-boeck vande voorfz. Camere folio 254. Synde hier mede de voorfchreven [illegible] daer mede de voornoemde [illegible] inde voorfz. Compaignie voorde eerfte Thien-Iarighe Rekeninghe participeert, ten vollen opghebracht ende betaelt: Ende voorts gheannulleert ende te niete ghedaen alle de Recipiffen, over de betalinghen opde ghemelde partye ghedaen, voor defen ghegheven. Actum den [illegible]

世界上最古老的股票，荷蘭東印度公司的股票。2010年由荷蘭烏特勒支大學歷史系學生Ruben Schalk在撰寫其論文的時候，在荷恩的資料館中一疊疊塵封的資料中所發現。這是一張由恩克森（Enkhuizen）分公司所發行的股票，原始持有人為Pieter Hermanszoon，他是恩克森市長的助理；這張股票發行於1606年9月9日，股票的背面載明了每次發放股利的時間與金額。東印度公司第一次公開募資結束於1602年9月1日，此張股票顯然並非第一批出售的股票，代表東印度公司曾經多次從私有資本市場上募集營運資本。

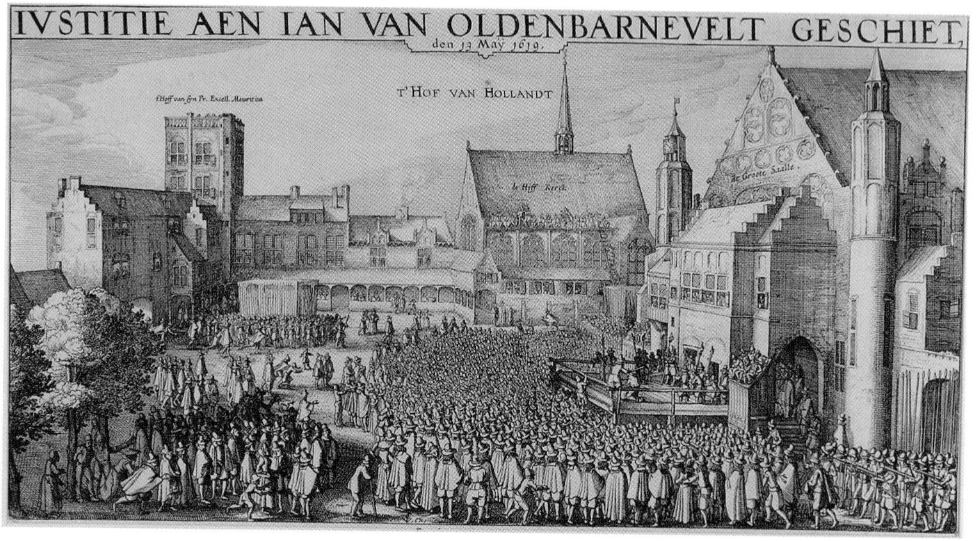

傳奇之死：奧登巴納維被公開斬首。本圖為Claes Janszoon Visscher II於1619年所畫。奧登巴納維在七省共和國首都海牙的內庭（Binnenhof，議會集會之處）外被斬首示眾。

目次

歷史來來去去

◎翁佳音（中研院台史所副研究員）

此書出版之際，我與作者仍素昧平生，社方邀我約略寫幾字推介給讀者，欣然答應的理由，不外樂於獎掖後進，好事共襄盛舉。但更嚴肅的原因，是想藉機先睹現代國人是如何體會與書寫荷蘭相關事務，看能否從中整理出大勢，進而建議同好者如何在今日與未來時光中，繼續強化「主體性」來思考與調整我們歷史文化中的「荷蘭」位置。

荷蘭東印度公司統治台灣，只不過三、四十年，在荷蘭三、四百年殖民史或外交史中，台灣位居相當邊緣的角色，而且為人作嫁的成分居多。甚至在最近幾年，國內文化界曾熱烈推介過荷人學者《看得見的城市》一書，書中卻看不到台灣，台灣古都府城（Stad Provintia）、台灣街（Stad Zeelandia），誰理你啊。儘管事實無情如此，我們卻無法否認，國內的文化界，甚至學界，長期以來，對荷蘭卻維持著一種一廂情願的想像。

似乎是十年多以前，網路曾盛傳一篇〈鄭成功幹嘛要趕走荷蘭人啊〉，內容說現代「九成的荷蘭人覺得自己很幸福，八成六覺得自己很健康」，暗示台灣若繼續被荷蘭殖民統治，情況絕對比今天好，「PS.鄭成功幹嘛要趕走荷蘭人啊！害我工作這麼累」。曾是荷蘭長期殖民地的印尼，生活就一定幸福？或許網路酸言酸語，不用太正經看待。但可能正是我們學術與文化界疏於主體性言說，才會有這種憤青語詞出現。

上則網路廣為流傳稍前，即二〇〇六年年底，無獨有偶，荷蘭國內也有媒體報導他們採訪相關學者，結論說「沒有荷蘭或荷蘭聯合東印度公司，也許就沒有台灣或福爾摩沙（Zonder Nederland／VOC was er waarschijnlijk geen Taiwan／Formosa geweest）」。很熟悉的歷史語句吧，沒有國民黨，就沒有台灣；「台灣固無史也。荷人啟之、鄭氏作之、清代營之」。直到今天，學術界在論述台南時，仍會慣性忽略當時活躍於台灣（Teijouan）的原住民與漢人海賊，標題大都「荷蘭東印度公司的大員經營」，經營的主動性，全操在外來統治者手中。歷史記憶，似乎無法喚起自己族群的過往光榮。

初看本書標題，讀者或許會覺得作者好像也跳不出我所說的當今學術、文化界泥淖。可是，如果再仔細看，書題「東去」，是作者因留學過荷蘭，他好奇一個海濱蛙鳴的邊鄙小國如何為了祖國獨立，船長、商人與政治家如何發揮冒險精神，突破國際困境走出自己的路。作者寫作初衷，恐怕不少用意是要作為同是小國台灣的借鑑。書中的文學修辭，我個人覺得優雅，但我更有資格稱讚的是，他所使用的外語文獻以及所掌握的荷蘭近代初期史，是合乎水準的，把此書當成是歷史通俗讀物之一，可也。

作者也不忘書寫蘭船東去後，留下「卻帶來了將近兩百年的殖民統治、帶來了災難」之文句，保留了對荷蘭立場觀看的批判，保住了我們台灣的主體性。不過，我倒是更希望作者與讀者，在寫作與閱讀此書後，歷史「東去」接著可轉回亞洲，由亞洲或附近現場看荷蘭人的「東來」。書中的小白鴿號（Duyfken）小海船，如今在澳洲有復原船可觀賞；當年與英國人三浦按針（William Adams）搭慈愛號（Liefde）同來日本的荷蘭人船員「楊・尤斯坦（Jan Joosten）」，雙雙埋骨東瀛日本。你今天若去東京都東京駅的八重洲口広場，大概還可憑弔Jan Joosten。八重洲（Ya-e-su），就是Jan（Ya）Joosten（Yosu→esu）名字變成地名。

台灣呢？荷蘭人東來台灣後，我不反對可一直再讚美荷蘭人商業經營，不反對一直講鄭成功，但透過荷蘭史料，再結合東亞文獻，主體性地重構出那個時代其他台灣人的故事，不也很重要，是大家接下來應做的事？勉之，勉之，共勉之。

序章

誓與君絕：八十年戰爭前夕

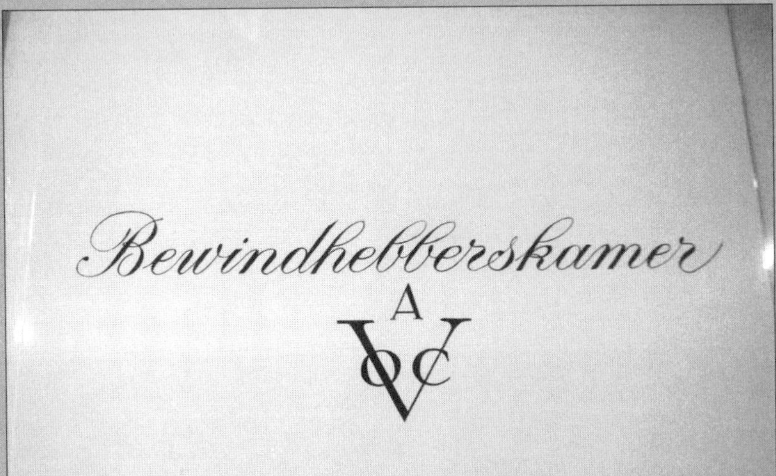

阿姆斯特丹大學曾經是荷蘭東印度公司的總部，這是總部中董事會議室大門上的標記：VOC，Vereenigde Oost-Indische Compagnie，聯合東印度公司。VOC符號上面的「A」代表阿姆斯特丹（Amsterdam）

這個故事，肇因於一群人為了爭取信仰的自由，而展開了與宗主國西班牙長達八十年的獨立戰爭；這場漫長的戰爭促成了荷蘭東印度公司的成立，最終永遠改變了亞洲的歷史。潮起潮落之間，大航海時代的英雄們乘風起帆，越過半個地球，將自己的名字留在歷史上。然而，一個民族的英雄，大多時候是另一個民族的災星。

被欺壓者起身反抗，腐敗者倒下，歷史似有規律。然而，當故事結束的時候，我們能否保持著當初的赤忱？當弱者終於成為強者，我們是否能夠維持初衷、對不同的聲音給予寬容？

低地：尼德蘭

攤開世界地圖，在歐洲的西隅、法蘭西的北方，有一片狹小、破碎的土地，被人稱為低地：尼德蘭（Netherlands，荷蘭的正式名稱）。自古以來，這片低於海平面的泥濘之地，有著一群自稱是曾經打敗過凱撒的巴達維亞人（Batavians）後代在此居住。

喜怒無常的北海肆虐著低地人的家園，被鹽水覆蓋的土地寸草不生；但是低地人並沒有離開。他們築起圍籬、堆起水壩，在壩上建起了風車，用他們唯一不缺的資源——北海的狂風，將壩內的海水給抽乾；再從遠方運來土石，把坑洞給填平了。慢慢地，在北海的角落，竟然長出來一片又一片的土地；土地上面長出了綠油油的青草，讓低地人可以耕種、得以飼養牛羊。

上帝造海，荷蘭人造陸。

低地人與海爭地，在自己創造的土地上耕種畜牧；此外，駕著小船在北海上勤快地做著運輸生意，溝通了北海沿岸與南部萊茵河流域的貨物貿易。他們鮮少關心歐洲的君侯將相們發生了什麼大事——比起政治，不如努力做生意過活。

於是，自從羅馬帝國以降，低地人經歷了法蘭克王國（Francia, Kingdom of the Franks）、墨洛溫王朝（Merovingian dynasty）、卡洛林王朝（Carolingian dynasty）、洛林（Lorraine）、勃艮地（Bourgogne）的統治。接著，在十六世紀，透過西班牙哈布斯堡王朝（House of Habsburg）的政治婚姻，尼德蘭低地成為位在西班牙王國統治下的十七個行省。

那時，正逢神聖羅馬帝國皇帝查理五世（Charles V, Holy Roman Emperor）當朝。

宗教改革

十五、十六世紀的歐洲，那是一個信仰至上的年代。

歐洲很早就被納入基督教的世界。然而，在過去，教徒只能透過教會來聆聽、解讀聖經。一四五三年，來自低地、鹿特丹的伊拉斯摩斯（Erasmus of Rotterdam），出版了希臘原文的新約聖經，這是有史以來第一次，人們可以親自閱讀聖經。接著，鉛字印刷術出現了，大量印刷出版了拉丁文的聖經，讓更多的人可以直接閱讀聖經，不再需要透過教會的解讀。

越來越多用不同語言翻譯的聖經問世，突然間，人們對於基督教有了各式各樣、截然不同的看法。這讓數百年來支配人類思想的羅馬教廷大為恐慌——印刷術讓羅馬不再是上帝唯一的代言人；許多歐洲國王也感覺受到威脅：他們的王位通常得到羅馬教廷的認可，教會失勢，將危害到他們的利益。

羅馬教會在歐洲各地都有地區教會，由各地區的樞機主教掌管；而樞機主教的任命，則是透過政治妥協後、由羅馬教宗任命。百年下來，聖潔的教會組織中也變得藏污納垢，有著許多假藉信仰之名的腐敗事。

其中最光怪陸離的，就是「贖罪券（Indulgentia）」。贖罪券源自十一世紀的十字軍東征，為了籌措軍費，教會發行了贖罪券。到了十六世紀，贖罪券甚至演變成主教們為了籌措競選樞機主教經費的募資工具。

一五一七年，教會發行了一種全新的贖罪券，稱為「大贖罪券」。這種新產品不只可以把你死去的親人從煉獄中拉出來，還能把人一生的罪孽通通歸零，還原到初生嬰兒的純潔狀態。無論你犯過什麼罪、做過什麼壞事、甚至「即將」做出什麼壞事，都沒關係，天堂會原諒你的——只要你購買了大贖罪券。這麼驚人的產品，在中古歐洲掀起搶購風潮；而教廷的神父們也化身為促銷業務員，深入歐洲每一個城鎮進行推廣與演說。

一五一七年十月三十一日，諸聖節前夕，一位神聖羅馬帝國的牧師馬丁・路德（Martin Luther），在當地教會門上貼上了著名的「九十五條論綱」，抨擊教會誤導信徒以及贖罪券的荒謬。這件來自德國的小小事件，很快就像野火一般燃燒了整個基督教世界。自此，展開了大規模的宗教改革。各式各樣的新宗派崛起，被通稱為新教；而反對宗教改革的羅馬教廷，則被稱為舊教，或是天主教。

羅馬教廷與它忠貞的歐洲國王們合作，神聖羅馬帝國皇帝查理五世（哈布斯堡王朝）

在歐洲全境通緝馬丁・路德；另一方面，由於百年來，教廷也在歐洲樹立了不少政敵，德意志選帝侯腓特烈三世（Frederick III, Elector of Saxony）選擇支持路德，將他隱藏在自己的勢力下。

宗教與政治一同，為多災多難的歐羅巴大陸，帶來新一波的腥風血雨。舊教的君主們在自己的領土內逮捕、處死新教徒；而新教國王們則以迫害舊教徒作為反制。若要說在當時，什麼地方可以兼容新教與舊教，大概就只有尼德蘭了。

長期以來，尼德蘭低地對於宗教的態度就是開放包容，無論你是新教徒還是舊教徒，在這裡，都可以自由信奉自己的信仰。於是，在歐洲各地受到壓迫的新教徒紛紛逃難於此。避難的新教徒之中，不乏富商、巧匠、以及知識份子，他們為尼德蘭帶來了全新的活力：來自美茵茲的新教徒帶來了印刷術，使阿姆斯特丹（Amsterdam）成為了當代歐洲自由出版的重鎮；南方安特衛普（Antwerp）的鑽石師傅帶來了寶石切割與鑑賞的知識；佛蘭芒商人帶來大批的紡織工人，讓尼德蘭成為重要的紡織中心。與當時歐洲其他地區相比，多元發展的尼德蘭低地一下從蠻荒之地躍升為經濟重鎮；阿姆斯特丹似乎很快就能取代維也納，成為新的歐洲首都。

儘管包容各種教派，但是尼德蘭人慢慢地往其中一支喀爾文教派（the Calvin）靠攏。來自法國的喀爾文（John Calvin），提出了「預定論」，即「誰能進天堂，上帝早就預先選定了」；行善並不會增加自己上天堂的可能性，但是「上天堂的人必定會行善」。於是，勤儉、努力工作，成為喀爾文教徒的行為準則。

這樣清心寡慾、克勤克儉的教派，非常適合在北海與海爭地的低地人。在喀爾文教義下，尼德蘭人更加辛勤工作，賺得更多錢財；可是根據教義，豪奢是可恥的，所以賺來的錢不能亂花，只能儲蓄起來，或是投資到新的事業之中。

這樣的文化與價值觀，成了現今全球資本主義的前身。在這種「只賺不花」的氣氛中，尼德蘭低地迅速累積資本，出現了大批的中產階級，到了十六世紀中葉，尼德蘭被稱為「西班牙皇冠上的珍珠」——它已經是整個西班牙王國中最富有的地區。而這欣欣向榮的一切，卻在神聖羅馬帝國皇帝暨西班牙國王一紙血腥的聖旨下，嘎然停止。

血腥詔令

對於西班牙繁重的稅制，富有的尼德蘭中產階級以及貴族們的不滿日益升高；同時，他們也不滿於在低地議會中，竟然沒有尼德蘭人代表為尼德蘭人自己發聲。於是，他們向國王查理五世要求政治改革。

查理五世，身兼神聖羅馬帝國皇帝以及西班牙國王，是個極其虔誠的天主教徒。一方面，他仰賴低地地區豐厚的稅收作為他擴充軍備的資金來源；另一方面，他又對於尼德蘭的新教徒感到芒刺在背。

當低地貴族們吵著要求增加尼德蘭代表到低地議會的時候，查理五世總算是忍無可忍。一五五〇年九月二十五日，一紙命令火速送到尼德蘭總督的手上：

「禁止喀爾文教派；禁止破壞天主教聖像（新教徒認為是偶像崇拜）；禁止討論與辯論聖經。違者斬首、活埋、或是處以火刑，並且沒收財產。凡是為新教徒求情、包庇者，視為共犯，一並處罰。」

西班牙不止對尼德蘭新教徒進行無情的壓制，查理五世的命令也貫徹了整個神聖羅馬帝國，引起了許多德意志新教諸侯的不滿，組成反對皇帝的聯盟與之對抗，最後迫使查理五世簽訂和約，歐洲迎來了短暫的和平，尼德蘭也獲得了喘息。

一五五六年，查理五世退位，將龐大的帝國一分為二，東方的神聖羅馬帝國交給弟弟菲迪南，西方的西班牙王國則讓兒子菲力（即菲力二世，Felipe II de España）繼承。菲力二世繼位後，重新執行承自其父的「血腥詔令」，對反抗西班牙統治的低地人民血腥鎮壓。此外，他是一位堅定而且狂熱的天主教徒，在位期間大興宗教審判所，對異教以及異端進行清算。簡而言之，宗教鬥爭於此到達了巔峰，被殺害與驅逐的新教徒高達五萬多人。

誓絕法案

帝國的高壓統治和高昂的稅收，以及菲力二世的宗教審查，讓荷蘭貴族們再也受不了。當時，最有勢力的三名尼德蘭大貴族：金羊毛騎士團（哈布斯堡王朝的核心貴族，最忠心擁戴國王的西班牙貴族）的奧倫治親王（Prins van Oranje）、艾格蒙伯爵、以及荷恩伯爵，出面率領尼德蘭起身反抗西班牙的暴行。

一五五六年，尼德蘭南部，激情的新教徒突然發起了「破壞聖像運動」：荷蘭人手持木棒、鐵棍，衝進天主教堂內破壞聖像、聖物；接著，他們衝進監獄，釋放被逮捕的新教徒。破壞聖像活動一發不可收拾，菲力二世派遣了以血腥、殘暴著稱的阿爾瓦伯爵（Duke of Alba）前來鎮壓。奧倫治親王威廉深知阿爾瓦伯爵的軍事實力，力勸他的兩個同伴先逃到南尼德蘭（比利時）暫避其鋒，但是艾格蒙伯爵和荷恩伯爵決定留在尼德蘭與之對抗。

艾格蒙伯爵等人失敗被捕，與他的同伴們被斬首示眾。德國音樂家貝多芬將這段歷史寫成了著名的艾格蒙序曲（Egmont Overture），用浪漫的手法歌詠這位為了荷蘭獨立而犧牲的年輕伯爵。

悲痛的奧倫治親王組織了傭兵團回到低地，開始了許多小規模的游擊作戰。越來越多的城市加入反叛西班牙的行列，而阿爾瓦伯爵也毫不留情地出兵鎮壓。在此期間，奧倫治的威廉親王（Willem I van Oranje-Nassau）帶著他那支拼裝部隊到處救援被圍困的尼德蘭城市，他打贏了阿克馬保衛戰、解放了萊登、守下了阿姆斯特丹。威廉親王成為了領導荷蘭獨立的領袖。

威廉親王一度收復南部各省，荷蘭獨立有望。當時，尼德蘭地區同時存在著天主教徒與新教徒，而且南北兩部份在文化上也有差異。西班牙的新任尼德蘭總督法內斯（Alexander Farnese, Duke of Parma）利用這一點，挑起尼德蘭內部的南北對立，讓南方各省組成了阿拉斯同盟（Union of Arras），在這些省份裡面，不得有外國傭兵進駐（因此威廉的傭兵團被驅逐了），不得信奉天主教以外的宗教。

作為對南方背叛的回應，年輕的政治家、來自海牙的愛國律師奧登巴那維（Johan van Oldenbarnevelt）組織了北方各省，在一五八〇年成立了烏特勒支同盟（Union of Utrecht），威廉親王也加入。

烏特勒支同盟主要由七個省份共同簽署，它們分別是：海德蘭公國（Duchy of Gelderland）、荷蘭伯國（County of Holland）、澤蘭伯國（County of Zeeland）、前烏特勒支主教區（formerly the Episcopal Principality of Utrecht）、上艾瑟爾領地（Lordship of Overijssel）、弗里斯蘭領地（Lordship of Frisia）、荷羅寧根領地與奧茉蘭登（Lordship of Groningen and Ommelanden）

隔年七月，七省同盟發表了一份聲明——「誓絕法案（Act of Abjuration）」，正式宣布脫離西班牙。這份聲明後來深深地影響了美國的獨立宣言。

「眾所周知，國王是上帝所設立的一國之主，是為了管理民眾、保護民眾免受壓迫和暴力侵犯之苦而存在，就像牧羊人照料他的羊群一樣；但是，上帝造人，並非讓人民成為國王的奴隸，不顧對錯地去盲從他的命令；而是要讓國王為了人民（沒有人民，何來國王？），以公正、平等和愛心去治理他們、扶持他們，像慈父之於孩童、牧者之於羊群，甚至不惜為其捨命。」

「當國王不但不這樣去做，反而還壓制、迫害民眾，破壞他們古老的習俗、侵犯他們固有的權利，強迫人民對他卑屈順從的時候，那他就不再是國王了。各省不僅應該拒絕承認其權威，還要以合法手段另擇他人做護國君主。」

「我們應當把這樣一個天然法則傳遞給我們的後代，哪怕付出生命的代價也在所不惜。」（節錄於誓絕法案）

八十年戰爭的前夕，這份慷慨激昂的聲明，催生出了一個國家：尼德蘭七省共和國（Republiek der Zeven Verenigde Nederlanden）。

第一章

里斯本的囚犯

柯內里斯・德郝特曼肖像

柯內里斯・德郝特曼（Cornelis de Houtman），出身於荷蘭小鎮豪達（Gouda）的釀酒人家庭，在阿姆斯特丹學習航海技術。這位沒有遠航經驗、出身寒微的年輕人，抓緊了機會，從一名北海運輸船的學徒，搖身一變，成為了開啟荷蘭大航海時代的先行者。

沉重、粗魯的吆喝聲，在陰暗的地牢裡迴盪。柯內里斯・德郝特曼（Cornelis de Houtman）睜開了雙眼。在這陰暗不見天日的地牢裡，獄卒的怒斥，恍若安特衛普鐘錶匠所製作的機械時鐘一般準時地將他從惡夢中喚醒，進入另一個惡夢。

又是新的一天。這名荷蘭商人迅速坐起身子，伸展四肢：他可不希望自己強健的體魄被這個鬼地方磨光；他得把握時間，在該死的葡萄牙雜碎趕他去勞動之前，妥善利用須臾的光陰。

簡單的運動之後，他面向角落席地而坐，開始他日復一日的「功課」。

「里斯本、綠角、好望角、馬達加斯加……」他快速地念著這些地名，雙眼緊閉，右手手指在地上的沙土上作畫；這個動作他已經重複了五百多次，在監獄裡的五百多個日子裡，每天早上，他都要復習一遍。

不到一分鐘的時間，口中的地名、暗流、季風已經到了尾聲。柯內里斯睜開雙眼，看著地上用手指勾勒的線條：

那是一張海圖。

他滿意地微笑，剎那間，這裡彷彿不是牢房，而是一望無際的大海。荷蘭人用力咬了一下舌尖，刺痛的感覺痲痹了他的舌頭，但他不覺得疼痛：這不痛，這是胡椒的味道。又麻又辣，是來自天堂的滋味。

他雙手一擦，海圖消失，他的心情也歸於平靜、陰暗。

世界因爲胡椒而轉動

在十六世紀的歐洲，究竟是太陽繞著地球、或是地球繞著太陽旋轉，還未有定論；但是，若你攔下一位在阿姆斯特丹街頭低頭快步行走的商人，問他「世界繞著什麼轉動」，他大概會不耐煩地回答你：

「當然是胡椒。」

胡椒，在人類的歷史上，一直都是人人趨之若鶩、但卻取之不易的珍貴果實。原產於印度，距離歐洲十萬八千里，卻透過陸路、地中海，從亞洲傳到歐洲。歐洲人透過阿拉伯商人認識到這種令人驚嘆的黑色果實；他們的舌尖又麻又辣——這種興奮的刺激感，彷彿來自於聖經中描述的伊甸園。[1]

葡萄牙冒險家達伽馬在一四九八年，繞過非洲，成為第一個走海路到達印度的歐洲人，從此開啟了葡萄牙海上霸主的地位。這條純海路得以避開義大利城邦對於東方香料的把持，直接與印度人交易香料，用更低的價格購買香料，獨享驚人的商業利益：在當時，葡萄牙人在印度以六枚葡萄牙金幣收購一英擔（quintal，約為一百二十五磅）的胡椒，可以在歐洲至少以二十二枚金幣賣出，價差接近四倍。

葡萄牙成為十六世紀的海上強權的同時，他的鄰居西班牙，也透過地理大發現進而征服了南美洲，帶回了大量新世界的金礦與銀礦。一五七八年，葡萄牙王位虛懸，一番爭奪後，西班牙國王菲利（菲力二世，Felipe II de España）被教宗任命兼任葡萄牙國王。

至此，一個空前龐大的哈布斯堡王朝誕生了。這個西班牙葡萄牙聯合王國，自詡為天主教的守護者，宣揚著自己繼承神聖羅馬帝國以來、對德國、荷蘭、義大利南部的統治權，興起了長年戰爭。

1 胡椒的滋味讓人聯想起伊甸園。這個說法參考自Marjorie Shaffer所著「最嗆的貿易史」。該書引用史學家約翰・普瑞司特（John Prest）的說法：「整個中古世紀時期的人都相信，伊甸園在大洪水中倖存，而在十五世紀地理大發現時代，航海家與探險家企圖找到它。若找不到，就盤算著把四處散落的上帝創造物匯集起來，成為一個植物園或是新的伊甸園。」

荷蘭在當時是一個新興的政權。荷蘭人信奉新教，是清教徒躲避天主教廷追殺的避難之所。面對這樣一個龐大的天主教鄰居，荷蘭人可說是飽受折磨，不斷尋求獨立。

爭取獨立的過程中，荷蘭人體認到，唯有取得經濟上的強勢地位，才能與西班牙和葡萄牙王國抗爭。而取得經濟優勢最好的辦法，就是東方貿易。然而，往東方的海路早就已經被葡萄牙人給壟斷，該如何是好？

德郝特曼其人

柯內里斯・德郝特曼出生於尼德蘭七省共和國中部的小城市豪達（Gouda）——那是個以盛產乳酪聞名的酪農城市。他的父親是一位啤酒釀造商，同時，也是豪達守望隊的隊長，工作閒暇之餘，帶領著古道熱腸的喀爾文教徒們手持棍棒，在城市內巡邏。

他有個小他六歲的弟弟：菲德烈・德郝特曼（Frederick de Houtman）。兩人從小便跟隨著父親在巷弄裡巡邏，並且跟著叔父們學著做些小生意。

再平凡不過的、典型的荷蘭農家生活。守著家裡那個小小的釀酒廠、閒暇之餘加入守望隊保衛家園、有機會就踢踢西班牙天主教徒的屁股——這大概就是小德郝特曼兄弟在孩提時候、能夠想像的未來吧。

一天，一位外地的牧師行經豪達，在豪達的小教堂裡頭講道。這位年輕的牧師用他優美的辭令、堅定的信仰，讓豪達居民如癡如醉。結束之後，豪達守望隊的隊長：老德郝特曼，邀請這位牧師來自己家裡與家人共進晚餐。

年輕牧師的學識豐富，德郝特曼一家很快就被他上知天文下知地理的學養給征服；這位牧師給這一家人講了許多航海的故事，讓德郝特曼兄弟見識了一個從未聽聞過的世界；而葡萄牙航海家達伽馬（Vasco da Gama）的故事，更讓兩兄弟聽得如癡如醉。

「……達伽馬成功抵達印度，之後又再率領葡萄牙船隊三次重返印度洋，在非洲東岸建立軍事防線，從此開啟了葡萄牙人壟斷東方香料貿易的事業。」牧師這樣總結了達伽馬的航海故事。

「我以後也要當一個航海家，到印度去看看！」哥哥柯內里斯大聲地宣告。

「我也是！」弟弟菲德烈馬上附議。

「哦？為什麼呢？」年輕的牧師溫柔地問道。

「我要當『第一個抵達印度的荷蘭人』，讓全世界都知道德郝特曼的名字。」柯內里斯神情堅定，眼中有著大航海時代少年的光芒。

「真了不起。」牧師對他投以期許的眼光，然後轉頭問弟弟：「那麼，菲德烈，你又為什麼想去印度呢？」

「我想去看看這個世界有多大，」菲德烈興奮地回答：「我想去看看南方的星空，跟這裡的有什麼不一樣。」

「好孩子，」牧師摸了摸兩兄弟的頭：「希望你們的夢想都能實現。」

幾個月後，老德郝特曼收到了來自牧師的來信：

「致德郝特曼先生：日前承蒙您的款待，相當感謝。在下已經獲得阿姆斯特丹市政府資助，成立航海學院。敬邀柯內里斯與菲德烈兄弟前來本校就讀。羅伯特·勒卡努（Robbert Robbertsz. le Canu）敬上」

老隊長把兄弟倆人叫來，給他們看了信：「如何？要去嗎？」

兩兄弟高興地跳了起來，嚷著說要去。老德郝特曼不捨地看著兩個兒子，嘆了口氣：

「去吧，柯內里斯，你要照顧好弟弟；菲德烈，你要好好支持哥哥。兄弟兩一輩子都要互相扶持。」

兩人打包行囊，踏上前往阿姆斯特丹航海學院的路。他們的老師，是年輕的神學家、詩人、天文學者暨航海家：「全能的」羅伯特．勒卡努——尼德蘭共和國航海家之父。

阿姆斯特丹航海學院

德郝特曼兄弟來到阿姆斯特丹學習航海，一轉眼就過了十年，兩人已經成為出色的航海家。哥哥柯內里斯登上了一艘北海貿易的荷蘭商船做學徒；弟弟菲德列則進入一個天文與海洋製圖工房裡頭工作。

這天，兄弟兩人回到了航海學院——勒卡努大師要他們回來，有事相談。

兩兄弟走進院長的房間，發現除了勒卡努之外，還有一位賓客：雷尼爾．鮑爾（Reinier Pauw），他是德郝特曼兄弟的遠房表哥——大有來頭的表哥。

孔雀家族（House of Pauw，是荷文中的孔雀）以食品貿易起家，在幾任族長的努力下，富甲一方；富極思貴，孔雀家族在富裕了之後，便積極投入了政治活動——眼前這位雷尼爾・鮑爾的父親，在阿姆斯特丹的政界與商界都極富影響力。

「雷尼爾，你怎麼會在這裡？」柯內里斯問——他的穿著樸素，與身著華服的年輕富商鮑爾相比簡直寒酸，但是柯內里斯背脊挺直，不為自己的貧窮困窘。

「柯內里斯、菲德烈，好久不見。」鮑爾向他們點頭致意：「我正在找尋航海家前往葡萄牙的里斯本，所以來請大師推薦幾個優秀的學生給我。」

「我向鮑爾閣下推薦了幾個名字，」老牧師——勒卡努大師解釋了這段緣由：「當他看到你們兄弟的名字時，非常希望能由你們來進行這次的任務——我才知道，原來你們還是遠房親戚。」

「什麼樣的任務？」菲德烈問：「北海上的水手這麼多，說實話，他們的實務經驗比航海學院的學生還要多吧。」

「這是一個很特殊的任務，不需要真的出海。」鮑爾把門窗關上：「我只能找我相信的人，請你們先答應，對我接下來說的話嚴格保密。」

柯內里斯看了老師勒卡努一眼，勒卡努對他點頭。

「說吧。」柯內里斯和弟弟坐了下來。

「我想要組織一個船隊，前往亞洲。」鮑爾壓低了聲音。

「什麼？」菲德烈以為自己聽錯了；柯內里斯則是面無表情、不動聲色。

「葡萄牙人壟斷亞洲貿易已久，把持了龐大的香料貿易利潤。」鮑爾解釋著：「荷蘭人也好、英國人也罷，沒有人能夠突破葡萄牙的海上封鎖，也沒有人知道前往亞洲的航路。」

「也不是完全不知道航路……」菲德烈插話：「我為製圖師普藍修斯（Petrus Plancius）先生工作，他已經出版了很多幅世界地圖。」

「那只是地理的資訊罷了，菲德烈。」鮑爾打斷他：「光憑那個，就能去亞洲了嗎？」

勒卡努大師望了柯內里斯一眼，示意他回答。

「不能。」柯內里斯說：「要前往亞洲，我們必須知道海流的流速、風向；還要知道可以在哪裡補給、以及什麼地方有葡萄牙軍艦的看守。」

「正是如此。」勒卡努大師點頭：「一趟計劃周詳的航海，最重要的就是對資訊的掌握。」

「該是時候扭轉葡萄牙人與西班牙人壟斷海權的時候了，我想勒卡努大師創辦航海學院，就是為了這一刻：」鮑爾振臂握拳：「這是一個大航海時代，尼德蘭必須在航海上迎頭趕上，我們必須找到前往亞洲的海路！」

四人一陣靜默，柯內里斯覺得腦袋很脹，太多的資訊湧入，而且一股熱血直沖腦門：「前往亞洲？這太瘋狂了。不，這太刺激了。」

菲德烈說：「儘管如此，我們還是對於前往亞洲的資訊一無所知，只有葡萄牙人知道，而且我打賭他們不會告訴我們的。」

「正是如此。」鮑爾簡短地回答，然後盤起了雙手，靠在椅背上，望著兩兄弟。

「你需要信任的人、懂得航海知識的人代替你前往里斯本。」柯內里斯緩緩地說：「你要我們去……偷海圖？」

「你願意嗎？」鮑爾傾身向前，熱切地看著柯內里斯。

「老師，這是你希望的嗎？」柯內里斯轉頭，不直視鮑爾的眼睛，向大師問道：「前往里斯本當商業間諜，這是主允許的嗎？」

「孩子，上帝造海造陸，賜予全人類；羅馬教廷卻把海洋一分為二，德維角（de Cabo Verde）以西屬於西班牙，以東屬於葡萄牙。」勒卡努閉上雙眼：「我只知道，上帝沒有應允過這種事情。」

「我會全程資助你們這次任務，」鮑爾嘗試說服柯內里斯：「成功了，你們一輩子不愁吃穿；如果不幸失敗了，你家裡的人我也會妥善照顧。」

「雷尼爾，請你搞清楚：」柯內里斯堅毅地說：「我可不是金錢的奴隸。」

「如果你成功了，整個尼德蘭都會因此富裕。」鮑爾一點都沒有受到柯內里斯的諷刺。

「柯內里斯、菲德烈，」大師說話了：「好好想一想。這都是為了尼德蘭。」

又是一陣靜默，菲德烈望著他的哥哥：「柯內里斯去，我就去，我與他同進退。」

「如果成功了，」柯內里斯想了好一陣子，總算開口：「我要整個尼德蘭都知道，功勞歸於德郝特曼家族。」

「沒問題。」鮑爾伸手握住了柯內里斯的手：「就這麼說定了？」

柯內里斯抬頭，望著大師房內牆上懸掛著的一幅亞洲地圖。

「就這麼說定了。」

里斯本的囚犯

一五九二年，阿姆斯特丹商人鮑爾派遣了來自豪達的德郝特曼兄弟，到里斯本竊取葡萄牙的航海路線圖。他們化身平凡商人，到里斯本採購香料，竊取海圖資訊；然而卻很不幸地，在走私海圖回阿姆斯特丹的過程中，被葡萄牙人抓住，囚禁在里斯本，一關就是兩年。

「滾出來！低地人！」獄卒來到他的牢房前喝斥著，一邊打開房門。柯內里斯機警地站起身，縮著身體，一副害怕的樣子。他其實不是真的害怕，但是這麼做獄卒比較高興，可以少一點拳腳在他身上招呼。

獄卒扯著他的手銬，將他拉出牢房。牢房外，還有另一名犯人在等著他，那是柯內里斯的弟弟，菲德烈。兩人相視一眼，迅速低下頭，不敢多做交談。兩人從過去五百多個日子裡面學到一個教訓——「多聽，少說話。」

他們被領到一間寬敞的房間，裡面有一位看起來像是英格蘭商人的高大男子。

「你要的人我帶來了，閣下。」獄卒用禮貌的口吻與這名英格蘭商人對談：「請您確認一下是不是他們。」

「感謝你，」商人操著濃濃的倫敦腔葡萄牙語：「能否讓我們獨處一下？」

「這個……」獄卒看上去有點為難，商人連忙在他手中塞了一角銀幣。「好吧，就一會兒。」

獄卒關上房門離開之後，商人鬆了一口氣，剛才那一口倫敦腔消失無蹤，改用流利的荷蘭文說：「日安，德郝特曼兄弟。」

柯內里斯激動地抬起頭，他已經好久沒有聽到家鄉話。商人繼續說：「很抱歉，你們毫無音訊快兩年，直到了最近，我們才發現你們被關在這裡。」

菲德烈歇斯底里地叫道：「你們總算來了！把我帶走！帶我回家！」

商人笑了笑：「別激動，阿姆斯特丹的閣下很關心你們，我此行的目的就是把你們贖回去。葡萄牙人開價四十個金幣——那可不是一筆小數目。我正在考慮……。」

「這傢伙！居然想要看看這贖金值不值得花」——柯內里斯儘管心中憤怒，但是一點都不在臉上顯露。他緩緩地站了起來：「……我已經完成了我的任務。」

商人目光炯炯有神地盯著他。柯內里斯伸出手指，在積著厚厚塵埃的木桌上，描繪著一幅荷蘭人從來沒見過的航海圖。他一邊畫著，口中輕聲複誦著腦海中的地名。商人豎直耳朵，但是德郝特曼的聲音斷斷續續，只能隱約聽到幾個港口的名稱、還有一些未知的地名。

「……蘇門答臘（Sumatra）、爪哇島（Java Island）、萬丹（Banten）。」柯內里斯的手指，停在一個瘦長的大島上：「這裡，就是葡萄牙人的香料來源。」

商人直盯著眼前的海圖，雙手因為興奮而握拳，不發一語，靜默了一陣子。

「兩位德郝特曼先生，」商人站起身來，緊緊握住柯內里斯的手：「我們回家吧。」

第二章

阿姆斯特丹的商人們

一輛來自特塞爾（Texel）港口的馬車，穿過了阿姆斯特丹的水壩廣場。馬車在一座富麗堂皇的屋子前停了下來，兩名男子走下馬車，被帶進這個阿姆斯特丹商人的聚會之所——范歐斯之家。

阿姆斯特丹——范歐斯之家

德克・范歐斯（Dirk van Os）是十六世紀荷蘭著名的金融家與貿易商，在阿姆斯特丹可說是無人不知、無人不曉。他那位於阿姆斯特丹水壩廣場上的豪宅「范歐斯之家」，更是北海商人們重要的社交場所。貿易商在這邊交換情報、尋求資金；一旦擬定好商業計畫、找齊了商業夥伴，商人們便會向宅邸主人范歐斯購買此次航行的商業保險——這在十六世紀歐洲可說是一項新創事業。

只要是商業活動都有風險，對當時的貿易商來說，風險更加巨大：北海上肆虐的英格蘭海盜、陰晴不定的暴風雨，讓人無法保證船隊能否如期抵達；詭譎多變的歐洲政治以及戰事，可能導致貿易的取消或是關稅的提升。若問問當代的荷蘭商人，是否有穩賺不賠的生意？答案當然全部都是：不可能。

但是范歐斯找到了一門「近乎」穩賺不賠的方法。

他派出記帳師傅們，仔細地、大規模地調查、統計了阿姆斯特丹貿易商的貿易情況、分析了北海航運的風險，他算出了當時的貿易失敗風險：百分之二十的機率。接著，他向貿易商保證，只要購買商業保險，如果貿易失敗了，范歐斯就會支付該次貿易的全部成本作為賠償——只要貿易商願意支付貿易成本的百分之二十五作為保險金。

這項創新的金融商品讓荷蘭商人們趨之若鶩。而范歐斯則是把自己的貿易事業收了起來，專心經營他的商業保險事業——儘管不再出航，但是他可從每一筆荷蘭商人的貿易中，幾乎是「穩賺不賠」地抽取百分之五的利潤——而且幾乎是週週有錢收。

范歐斯將自家豪宅敞開，歡迎各路貿易商上門，成為商人的交誼廳。透過大量、頻繁地與商人們來往，他建立起了自己在商界與金融圈的知名度與信用；更重要的是，越來越多的人跟他購買商業保險，這讓他所面臨的個體風險越來越低（畢竟有人風險高，有人風險低），讓他的保險事業更加健全。

「生意有沒有賺頭，只要看看范歐斯願不願意為你保險就知道。」——荷蘭商人們是這麼評價這位從貿易商轉行的金融家。他沒有傳統貿易商那種精力旺盛的賭徒性格，全身散發著一種溫和而堅韌的氣質。這一位精於計算的金融家，在短短數年間，成為了荷蘭商人們縱橫北海的後盾。

富商們的聚會

今天，在這座豪宅裡，范歐斯領著兩名風塵僕僕的客人，來到一間極為隱秘的房間。

「雷尼爾．鮑爾閣下，」身形消瘦的金融家范歐斯推開門，裡頭坐著八名華服商人：「你的賓客們到了。」

「范歐斯閣下，謝謝你。」為首的華服青年站了起來向房屋主人致意：「我想請你也留下來聽一聽，給我們一點意見，好嗎？」

「我的榮幸，鮑爾閣下。」范歐斯笑著找了把椅子坐了下來。這位華服青年雷尼爾．鮑爾是阿姆斯特丹政商界極具影響力的名流——亞德利安．鮑爾（Adriaan Pauw）的兒子，范歐斯一直很想結交他。

鮑爾坐了下來，指著剛剛被引進門的兩名客人向其他在座的商人們介紹：「各位，他們是我跟大家說過的，來自豪達的德郝特曼兄弟。」

眾人紛紛點頭向德郝特曼兄弟致意：關於這對兄弟到里斯本竊取海圖的事情，他們已經聽鮑爾說過了。

「在座諸君都知道，今日會議的主題，是遠東貿易。我們就直接切入主題吧，柯內里斯，」鮑爾轉向這位被派遣到里斯本的間諜：「你是否找到了避開葡萄牙船隊、前往爪哇群島的路線？」

一旁的范歐斯臉上的笑容一僵——「鮑爾在說什麼？前往亞洲的海路？他們想要突破葡萄牙的封鎖前往香料群島？這可能嗎？」

「閣下，」才從里斯本的監獄中被贖出來的柯內里斯．德郝特曼看了弟弟菲德烈一眼，轉頭面對眾人堅定地說：「我們已經知曉了葡萄牙人的秘密。」

眾人譁然。

柯內里斯從口袋裡掏出一張羊皮紙，攤在桌上：那是一張描繪著西歐、非洲與印度海岸線的地圖；在海岸線的邊緣，有一條細線，起點位於阿姆斯特丹，繞過了葡萄牙的里斯本、北非的休達、在非洲西岸的更外邊繞了好大一圈，越過了南端的好望角之後，一直往東延伸，停在一座島嶼的西端。

房間內的商人們再也忍不住，紛紛站起身來，圍繞著這張地圖。

「我想各位都知道，幾年前，印度果亞（Goa）主教的秘書范林司登出版了『東印度指南』，描述了前往東方的航路；但是，葡萄牙人在這條航線上面派出重兵把守，如果不能避開葡萄牙海軍，那麼前往東方可說是毫無機會。」柯內里斯這樣開場，然後，讓弟弟菲德烈解說這張海圖：

「葡萄牙與西班牙人在非洲的北部建立起了許多貿易據點，我們要避開那邊；第一次能夠靠岸補給的地方，大概就是非洲西岸的聖多美（Sao Tome）了。也就是說，一旦從阿姆斯特丹出發，我們必須做好有三個月不靠岸的準備。」

「非洲北部以及西岸是此行最危險的地方，」菲德烈指著地圖上非洲的南端：「只要我們能夠平安度過了南端的好望角，基本上就完全脫離了葡萄牙人的武裝警戒；剩下的，就是避開馬來半島南端的麻六甲海峽——那裡是葡萄牙人的亞洲基地。」

「德維角以東，不都被葡萄牙人控制嗎？」一名商人提出疑問，菲德烈認得他，他是阿姆斯特丹的富商胡德（Hendrick Hudde）。

「那是教宗的說法，」柯內里斯回答：「過去試圖走海路前往亞洲的船隊，在北非就會被葡萄牙擊沉；現在明白，葡萄牙海軍只部署在北非一帶，只要過了這一關，里斯本就鞭長莫及了。」

來自安特衛普的富商卡爾（Jan Jansz. Carel），指著海圖上，一條從非洲南部直接畫到印度南端的線，問道：「這是什麼意思？過了好望角之後，就不需要靠岸了嗎？直接橫越印度洋？」

眾人望向柯內里斯，柯內里斯則是看著弟弟——菲德烈曾經在歐洲最知名的天文與海洋製圖工房裡頭工作，是個天文與地理學家。

「如果我們能『如期』通過好望角，那麼，在那個時候，」菲德烈的手指沿著那條筆直的橫線，從左到右一劃：「在這個區域有著旺盛的信風。我們可以乘著信風，直接越過印度。」

商人們嘖嘖稱奇。說實話，出了北海，荷蘭人的航海知識接近於零。

幾名比較敏感的商人沉默不語，他們意識到一個問題。富商卡爾開口了：「所以，要想抵達亞洲，我們不只是要知道海岸線，還要知道什麼季節吹什麼風？」

菲德烈有點尷尬地點頭，而哥哥柯內里斯臉上則是依然毫無表情。

「而這些知識，並沒有被畫在這張海圖上，」卡爾是個心直口快的人：「還有另外一張海圖在你們手上？」

柯內里斯兄弟不說話。

討價還價的時候開始了——在一旁的宅邸主人范歐斯忍不住眺了眺眉毛：「兩個無名小卒，竟敢跟一屋子阿姆斯特丹最有錢的商人們談條件？有種。」

商人們全都回到位子坐了下來，盤起了手。卡爾看了看鮑爾，鮑爾把身體往椅背一靠：「說吧，你有什麼條件？」

「首先，」柯內里斯緩緩地說：「我們兄弟要上船，親自到東方去。」

「沒問題。」鮑爾想也不想，直接回答——這趟遠征，凶多吉少，有人自願前往，當然歡迎。

「再來，我要當這次艦隊的司令官。」柯內里斯說出了他第二個條件。

「你年紀輕輕，過去只是北海運輸船上的貿易學徒，憑甚麼擔任遠東探險的司令？」

富商卡爾立刻嗤之以鼻地回絕。

「憑著只有我們兄弟倆知道亞洲的洋流還有季風。」柯內里斯也毫不退讓：「沒有這些資訊，再優秀的水手都只能在大海上隨波逐流。」

「不可能讓你做司令！」卡爾也不是被嚇唬大的，雙手一攤：「不就是要錢嗎？你要多少錢，才願意交出季風跟洋流的海圖？」

「這個嘛……」柯內里斯向弟弟使了個眼色，菲德烈從懷中取出了一個羊皮捲軸，在胸前打開來——那是一張更加詳盡的、標示了航行資訊的海圖。

身材高瘦、雙眼深沉的柯內里斯取來一枝點燃的蠟燭，走近了菲德烈；他把蠟燭靠近海圖，火光將海圖映照得更加清晰：「諸位大人，看哪，這就是最詳盡的海圖、葡萄牙人稱霸東方的秘密！我們兄弟可沒有說謊。」

卡爾以及其他的富商都被吸引得靠上前去，說時遲，那時快，柯內里斯將燭火靠上了海圖，羊皮紙面立刻被燻黑、然後開始燃燒。

「你瘋了嗎？」卡爾撲了上來，卻被柯內里斯一把推開——他看似高瘦的身形，衣服底下卻滿是在里斯本地牢裡面鍛鍊出來的肌肉。

「我們不在乎錢，」柯內里斯冷靜地看著富商們驚恐的模樣，如今他陰沉的雙眼在火光的照映下顯得令人發毛：「我要讓整個共和國都知道，第一個抵達爪哇、帶回胡椒的，是我：柯內里斯・德郝特曼！」

「現在，海圖只存在於我的腦中。」他看著弟弟手中殘缺的海圖，其餘的重要資訊都已化為灰燼：「你們沒有別的選擇。」

香料狂徒

宅邸的主人范歐斯頭皮發麻地看著這一切。「狂人！是個執著於勝利的狂人！」

「各位朋友，讓我這個屋子的主人說句話吧。」范歐斯走到雙方之間，揮手示意眾人坐下；大家照做了，誰都不想得罪阿姆斯特丹最具勢力的金融家。

「我跟各位一樣，都是縱橫北海的貿易商。再狡猾的商人、再兇狠的水手我都見過。」范歐斯舉起手指著柯內里斯：「但是，像這個無禮的年輕人一樣有膽子在范歐斯之家大鬧、威脅共和國裡面最有錢的富商們——這種傢伙我可是前所未見！」

「我說呢，諸位大人們啊，你們需要這樣的傢伙去東方。」金融家笑了：「不是因為他懂得航行、擁有知識，而是因為他膽大心細、無所畏懼；最重要的是，他或許是這個屋子裡面最渴望抵達東方帶回胡椒的人。」

范歐斯的一席話讓在場的商人們開始重新思考，「執著心是成功的必要條件。」

「范歐斯先生說得很有道理。」鮑爾站了起來：「但是卡爾的顧慮也是其來有自……這樣吧，我們這次的遠航，不設立司令，改以一個海上議會統領艦隊。」

「議會中由各艦的商務官以及艦長組成，由艦長決定航海的大小事，但是商務官決定貿易事宜——這是一個商業船隊，遇到爭執的時候，商務官有優先發言權。」

眾人交頭接耳：「沒有司令的船隊，很不尋常。」

「我提議由柯內里斯擔任艦隊的第一商務官。」鮑爾不等大家沉澱想法，連忙說完自己的構想：「艦長人選另覓專業人士，但是德郝特曼兄弟擁有海圖知識，而且曾經在里斯本的地牢裡面證明過他們的膽識以及對成功的渴望——在遙遠的大海上，生死難測，遇到各種突發狀況的時候，我相信他們會站在我們的立場做出正確的決定。」

「派出四艘武裝商船，前往遠東。」鮑爾接著說：「總投資三十萬盾（荷蘭盾，

Nederlandse gulden，荷蘭的貨幣），由我們八位阿姆斯特丹商人認購。一年後，如果艦隊順利滿載而歸，我相信利潤會在一倍以上。」

「如何？各位前輩，願意加入這個計畫、跟孔雀家族一起賭一把嗎？」

又是一陣議論，一支前往亞洲的船隊、衝破葡萄牙封鎖線、海上議會，這些不是小事，儘管在座的都是阿姆斯特丹的富商，所需負擔的成本還有承擔的風險，都是前所未有的巨大。

一個人將手放在桌上，大聲宣布：「我楊．卡爾，加入！」

一旁的胡德也將手放在桌上：「亨德列克．胡德，加入。」

卡爾和胡德，多麼有趣的組合——在一旁的金融家范歐斯饒富趣味地看著這一切。這兩人在阿姆斯特丹商業圈裡面頗負盛名，卡爾激進，胡德保守，如今兩人都願意加入，這讓其他商人覺得信心大增。瞬間，所有的人都將手放在桌上，他們可不想錯過這個致富揚名的機會。

「算上我，總共有八位股東加入了。」鮑爾很滿意這個結果，他看了看坐在角落的、這棟宅邸的主人：「如何？范歐斯閣下，你願意對我們這趟遠征提供保險嗎？」

大家的眼光又盯著范歐斯，商業保險已經是荷蘭人每趟航行前都要購買的護身符，但是這趟遠征前所未見，范歐斯會同意嗎？

總是笑臉迎人的范歐斯，臉上依然掛著笑容，腦袋卻是飛快地在思考著。不到片刻，他緩緩站起身：

「各位閣下，關於亞洲貿易，我從來沒有計算過當中風險、而且我相信這也是不可計算的，」豪宅主人微微低頭：「很抱歉，恕我無法承擔各位這次遠征的保險。」

鮑爾眉頭一皺：「范歐斯閣下……」

「不過，」范歐斯抬起了手，示意他還沒有說完：「身為一個貿易商，我為這個計畫激動不已。」

「保險是不可能的，」他將手放在桌面上：「投資的話，請算上我一份。」

鮑爾笑了，其他的貿易商也非常振奮，像是一群興奮的孩子一樣歡呼。胡德站了起來，示意大家靜一靜：「各位各位，讓我們來為這個公司想一個好名字。」

「此次大家共聚一堂，為的是遠征，」卡爾說道：「不如就叫作遠征公司（Compagnie van Verre）吧。」

眾人在范歐斯之家慶祝遠征公司的成立。酒酣耳熱之際，范歐斯把鮑爾拉到一邊：「鮑爾閣下，恭喜你成功組織了一場阿姆斯特丹商業史上最大的冒險。」

「閣下過獎了。」鮑爾謙辭：「您的加入就是我們最大的鼓舞。」

「但是，我還有一點疑慮。」儘管范歐斯是最後一刻加入這個投資團隊，但是已經很快檢視了整個計畫：「這筆錢不夠支付亞洲冒險的武裝。」

「既然這趟航行，會遭遇到共和國的敵人葡萄牙艦隊，」鮑爾的神情似笑非笑，看起來高深莫測：「武裝的事情，就該讓共和國來幫我們想辦法。」

第三章

愛國者們

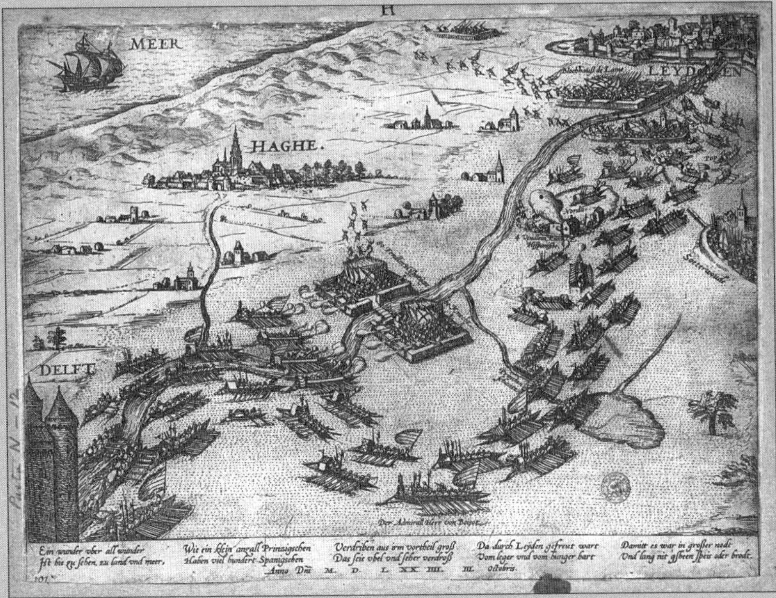
MEER
HAGHE.
LEYDEN
DELFT
Der Admirall Herr von Boisot
Ein wunder vber all wunder
Ist hie zu sehen, zu land vnd meer,
Wie ein klein anzall Prinzigschen
Haben viel hundert Spanigschen
Verdriben aus irm vortheil groß
Das seit vbel vnd seher verdroß
Da durch Leyden gefreit wart
Vom leger vnd vom hunger hart
Damitt es war in großer nodt
Vnd lang nit gheben speis oder brodt.
Anno Dñi M. D. L. XX IIII. III. Octobris.

阿姆斯特丹

港口燈塔上，一名身著荷蘭民族傳統黑色罩袍的紅髮男子佇立在窗前，眺望著港口邊來來往往的荷蘭船隻。他的臉上佈滿了皺紋，可是這些歲月的痕跡無法掩蓋他銳利的眼神。

步入老年的男子雙手扶著窗沿，看著港邊揚起的天藍、白、以及橘色的三色親王旗，心中閃過了當年他在這面旗幟下與西班牙人浴血混戰的畫面。

那是一五七四年的十月，西班牙阿爾巴大公（Duke Alba）派兵包圍荷蘭南部的萊登（Leiden），經過數個月的包圍，城內早已經是彈盡糧絕、懨懨一息。整個荷蘭反抗軍的勢力與西班牙大軍比起來，實在是螳臂擋車，幾乎看不到勝利的可能。

「沉默者」威廉・拿騷親王（William the Silent），決定要鑿開萊登的堤防，水淹萊登，逼退西班牙。威廉親王以飛鴿傳書的方式，告訴萊登城內的軍民：再堅守三個月，我必帶著軍隊，隨著大水一起解放萊登。

那一年，男子才二十七歲，是一名出身海牙的愛國律師。在法條和長矛之間，他選擇了拿起長矛。萊登被圍困之際，他入伍了，被派到萊登城外，與地面部隊一起在外圍突擊西班牙軍團，掩護威廉親王本隊的堤防挖掘。

根本不懂戰鬥技巧的他，只知道拿著長矛朝著敵人衝刺。掩護部隊以農夫為主，是一支名副其實的雜牌軍，西班牙軍團根本不屑一顧。在西班牙方陣之前，這群雜牌軍一次又一次被打敗、擊潰；但是他鼓舞著倖存的同袍，每次被擊潰之後，又重新組織起來，繼續糾纏著西班牙軍團。

終於，堤防被鑿破了，幾日來的暴雨，讓水位升高了。威廉親王的部隊，乘著數百條小型船，伴隨著大水一起衝入萊登周邊的窪地。西班牙軍團被大水沖散、被荷蘭反抗軍猛烈攻擊。萊登的城牆被洪水沖垮，西班牙軍團喪失了戰意而撤退。

萊登解放。

他與他的雜牌民兵夥伴們，拖著疲憊的身體入城。威廉親王正在向饑寒交迫的萊登軍民發放食物。他來到親王的面前，單膝下跪，敘述著過去三個月來，民兵團是如何牽制西班牙人的種種。

「我的朋友，」親王站了起來，走向他：「請再告訴我一次你的名字？」

他抬起了頭：「約翰・范・奧登巴那維。」

「請站起來，約翰。」親王彎腰，拉起他的手，將他扶了起來：「從此以後，你不需要向任何人下跪。」

金錢戰爭

一五七四年的萊登解圍戰爭後，奧登巴那維快速在荷蘭政壇中竄起。憑藉著他深厚的法學素養以及辯才無礙的口才，奧登巴那維在短短幾年，分別獲得了鹿特丹（Rotterdam）以及澤蘭省政府的重要官職。

當威廉親王在台夫特（Delft）遇刺身亡時，作為一個忠貞的部屬，他對威廉親王的繼承人——年輕、孤立無援的莫里斯（Maurits van Oranje）王子[1]全力相助，動用法律和輿論，力保莫里斯順利接管荷蘭省（Holland）以及澤蘭省（Zeeland），在七省議會中保有一席之

1 一五八四年，奧倫治親王「沉默者」威廉遇刺身亡，其親王的頭銜由長子菲力威廉（Philip William van Oranje）繼承；但是當時菲力威廉正在西班牙作人質，所以尼德蘭人民心目中威廉親王的遺志是由人在低地的次子莫里斯所承繼。莫里斯一直到一六一八年，其兄菲力威廉過世，才繼承親王頭銜。本章的故事發生在一五九五年，此時莫里斯尚未繼承親王，是故在此以及以後，稱他為王子。

地。

往後的十餘年裡，奧登巴那維更被推舉為「大法議長」，在七省之上，調和鼎鑊——而他也利用自身的職位，多次給予莫里斯機會，培養親王派的羽翼；而王子也沒有讓他失望，年紀輕輕展現了驚人的軍事天賦，被宿敵西班牙稱為「不敗的莫里斯」。

燈塔的樓梯處，傳來腳步聲以及吆喝，將老議長的思緒拉回了現在，「莫里斯王子殿下駕到！」

一臉焦慮的年輕王子推開了燈塔頂樓的大門，奧登巴那維轉頭，對王子輕輕點頭示意——無論在公開或是私下的場合，奧登巴那維都不需要向奧倫治家族成員行正式的大禮——這是威廉親王時代留下的規定。

「約翰，」留著山羊鬍、身穿鎧甲的莫里斯王子一見到奧登巴那維，便開口說出來意——他是個有話直說的男人：「你一定要說服議會支持我增兵赫龍洛（Groenlo）！」

「莫里斯啊，你還是一樣，想到什麼說什麼。」奧登巴那維看著這位深鎖眉頭的王子，這是他潛心培育的學生：「我問你：打勝仗的三大要素是什麼？」

莫里斯沉吟了一下：「時機、士氣、還有紀律？」

「這是從戰術的層面來說，」奧登巴那維接著說：「但是從宏觀的角度上來看，殿下，你需要的是——」

「金錢，更多的金錢，用不盡的金錢！」

莫里斯愣住，眼前這位尊敬的老者，大聲說出如此市儈俗氣的字眼，完全不像是個清心寡慾的喀爾文新教徒。

「沒有錢，哪能發軍餉？尼德蘭戰士縱有滿腔熱血，餓著肚子可打不贏；有錢才能買槍砲。」奧登巴那維解釋著：「西班牙國王菲力至今能夠肆無忌憚地跟全世界開戰，同時和尼德蘭、英格蘭、法蘭西展開戰線，就是因為一艘艘從美洲與亞洲回來的船隻，為他送上源源不絕的白銀還有胡椒！」

「七省議會為什麼不支持你，難不成他們都是傻子，聽不懂你的戰略目標對七省有多大的好處？」奧登巴那維揹起雙手，像個老師一樣在鐘塔內踱步：「那是因為他們沒有錢了，莫里斯，政府沒有錢了。七省的執政們，不敢把有限的戰爭經費投入到不確定的戰爭裡——他們只敢打必勝的戰爭。」

莫里斯沉默了良久，吐出一句話：「沒有必勝的戰爭。」

「是呀，」奧登巴那維嘆了一口氣：「但是，那些坐在議會裡面聽取戰爭報告的執政們不明白這個道理，他們沒有上過戰場。」

提到「戰場」兩個字，霎那間，老議長的思緒回到了二十多年前，自己在萊登城下衝鋒陷陣的場景。曾經有力的雙手如今微微顫抖——「我老了，如今我要把守護共和國的意志傳承下去。」

「莫里斯，」奧登巴那維放緩了說話的速度：「共和國打仗的資本從何而來？你知道嗎？」

「從稅收。」莫里斯謹慎地回答：「對共和國公民所課的人頭稅還有間接稅。」

「太初有戰，」奧登巴那維說道：「然而，戰爭，並不是、也不該是一種常態。戰爭所造成巨大的支出，遠遠超過一國可以肩負的水準；當一個國家在進行戰爭準備時，必須徵收數倍於平時的稅收——莫里斯，這對老百姓來說可是相當不容易的。」

老議長看到心高氣傲的王子低頭不語——他只管花錢打仗。

「這可不行啊王子殿下，」奧登巴那維在心中這樣嘆息、決心要把莫理斯帶到另一個高度：「你不只是個將軍，還是未來尼德蘭的統治者[2]。」

「王子殿下，當初尼德蘭人民揭竿起義，是因為受不了西班牙的高昂稅收；獨立戰爭已經打了三十六年（自一五五六年破壞聖像開始計算），共和國的子民們身上的稅負重擔不降反升——儘管這一切都是為了獨立，但是，莫里斯，你覺得人們還能忍受多久這樣的生活？再一個三十年嗎？」

陰鬱的王子眉頭深鎖，久久不出聲。然後長嘆了一口氣，戰爭以外的事情，他實在不擅長：「約翰，請你幫幫我，就像當年你協助父王一般。」

「課稅，是政府的必要之惡。」奧登巴那維的語調緩慢堅定：「所以，政府必須對於幫助人民創造財富，有著同樣的熱情。」

莫里斯一臉困惑。

「這正是我今天找你來的目的。殿下，我介紹一個人給你認識。」奧登巴那維拍了拍手，

2 七省共和時代，每一省各有一名執政，七名執政之上有一名共和國大執政官。「沉默者」威廉雖然是荷蘭獨立的主要領袖，但是僅是荷蘭省、澤蘭省、烏特勒支省、菲士蘭省的執政，並非大執政官；其「奧倫治親王」頭銜所統治的領地更是不在共和國境內，所以「親王」二字僅屬於貴族頭銜，與尼德蘭共和國內的權力無關。威廉死後，長子菲力威廉繼承親王頭銜，但是次子莫里斯繼承了荷蘭省與澤蘭省的執政，可是依然不是大執政官。在此，奧登巴那維身為親王派支持者，希望莫里斯未來可以像其父親一樣繼續領導共和國獨立。莫里斯終其一生沒有成為大執政官，但是是實際上的共和國領袖。奧倫治拿騷家族一直到莫里斯的姪子威廉二世（William II）才成為大執政官。

門丫地一聲被推了開來，走進來一名穿著簡樸、但是舉手投足之間充滿貴氣的青年。

愛國的商人

「殿下，」青年在莫里斯王子面前低首彎腰，恭敬行禮：「阿姆斯特丹的雷尼爾．鮑爾，向您問安。」

「鮑爾？」莫里斯有一點詫異：「你是那個大貿易商亞德利安．鮑爾（Adriaan Pauw）的親戚？」

「亞德利安正是家父。」年輕的鮑爾回答。

莫里斯正色：「請代我向您父親致意，快起身吧。」

奧登巴那維示意莫里斯和鮑爾都坐下，然後向莫里斯介紹鮑爾的來意：「年輕的鮑爾閣下最近正在籌組一支艦隊，我覺得王子殿下您應該聽聽看。」

「哦？」莫里斯眉頭一動。

「殿下，」鮑爾挺起背，身體向前傾：「是一支商業艦隊。」

「嗯，做些什麼樣的買賣？」莫里斯的臉色一垮，顯得百無聊賴，因為每天透過關係上門請他給予免稅的貿易商多如牛毛，讓他很厭煩。鮑爾看出了王子的不耐，詢問性地看了老議長一眼。

奧登巴那維臉露微笑地回望他，微微點頭，讓他繼續說下去：「鮑爾，說吧，對王子說出你的航行計畫，讓他大吃一驚。未來是屬於你們年輕人的。」

「胡椒。」

「你說什麼？」莫里斯驚訝地皺起眉頭：「哪裡的胡椒？」

「萬丹的胡椒。」鮑爾雙手微微握拳，緩緩地、深怕王子聽不清楚一般地說：「王子殿下，我們要去東方，直搗胡椒的源頭：爪哇島上的萬丹。」

莫里斯睜大了雙眼。鮑爾知道他成功獲得王子的注意力；一旁的大議長盤著雙手，饒富興味地看著目瞪口呆的莫里斯，似乎正在欣賞一齣好戲。

「從來沒有荷蘭商人成功抵達過遠東。」莫里斯用彷彿在跟自己對話的語調說著。

「那麼，」鮑爾長吁了一口氣：「該是我們改寫歷史的時候了。」

莫里斯坐了下來：「說說你的計畫。」

「四艘遠洋貿易商船，將在三個月後、四月初的時候出發。目標是爪哇島西側的萬丹。」鮑爾開始解說他的計劃：「我們將越過里斯本以及北非諸邦，避開葡萄牙人的眼線，直奔非洲南端的好望角。」

莫里斯在心中想像著一幅虛構的海圖。

「接著，我們會乘著信風，直接橫越印度洋，穿過巽他海峽（介於蘇門答臘與爪哇島之間）；順利的話，我們就能抵達胡椒的發源地了。」

「這個路線可行嗎？」奧登巴那維代替莫里斯問出他的疑惑。

「兩年前我曾經派人去里斯本盜取海圖，我很確信，這是一條能夠避開葡萄牙人來進行胡椒貿易的路線。」鮑爾說明了他的情報來源。

「鮑爾，這可不是一場單純的北海貿易，」莫里斯如此評論：「這是一場冒險。」

鮑爾聞言，正襟危坐：「這都是為了尼德蘭。」

「當今哈布斯堡王族壟斷東方貿易，哄抬香料價格，為他賺取了大量的戰爭資本。尼德蘭若要從這個巨人的手中獨立，就必須想辦法斬斷西班牙人與葡萄牙人的錢脈。」鮑爾分析著西班牙與尼德蘭的情勢：「如果我們成功抵達萬丹，先不說就此能夠切斷哈布斯堡的東方經濟奧援，起碼，我們有機會在東方，與葡萄牙分庭抗禮。」

「愛國的商人，」如今莫里斯明白了奧登巴那維告訴他「為人民創造財富」的道理了——透過與葡萄牙人在東方海面上爭霸，就是牽制西班牙的一種手段。他誠懇地對著鮑爾說道：「你若成功了，七省將永遠感佩你為荷蘭獨立的付出。說吧，你需要我怎麼幫你？」

「此次東行，險阻萬分。先不說海象瞬息萬變，光是要突破葡萄牙的艦隊封鎖，就已經是困難重重。」

「你想要我派共和國海軍護送你們嗎？」莫里斯問。

奧登巴那維插話：「不妥，殿下，這趟旅程風險太大，冒然將海軍的軍艦投入，可能打草驚蛇，干擾國際情勢。」

「議長說得對。」鮑爾接話：「殿下，現在這個階段，還是讓我們以私人的身份進行這趟冒險，避免產生國際爭端；但是，我們在船艦武裝上相當缺乏……。」

「有了武裝，你就敢說這次遠征一定會成功嗎？」莫里斯質疑：「你們甚至不是受過戰爭訓練的軍人。」

「殿下，我不能保證。」鮑爾頓了一下：「沒有穩賺不賠的生意，就像是沒有必勝的戰爭。」

奧登巴那維觀察著莫里斯的神情——「威廉的兒子啊，向尼德蘭展現你的器量吧。」

莫里斯沉默了一會，接著，他取出一張羊皮紙，寫下一紙手令。

「沒有必勝的戰爭，沒有穩賺不賠的生意。說得好。」王子將手令交給鮑爾：「此時此刻，我能幫的就只有這麼多了。去贊丹（Zaandam）造船廠，給他們看我的命令：荷蘭省贊助鮑爾的遠征隊一百門火炮。」

「愛國商人，我再以奧倫治拿騷家族的身份賦予你另一個任務與權利：」莫里斯王子接著說：「儘管你們是私人商務艦隊，但是此行，你們將代表奧倫治拿騷家族（House of Oranje-Nassau），與萬丹的國王簽訂貿易合約；若有任何人阻礙你們達成這項任務，不管是葡萄牙人、西班牙人、還是亞洲人，你都擁有自由開火的權利，送他們去見上帝。」

「祝你好運，愛國者。」奧登巴那維很滿意這個結果，他意味深長地看著鮑爾：「願你滿載而歸。」

阿姆斯特丹　特塞爾

荷蘭有史以來第一次派出遠洋船隻前往亞洲，消息傳出，阿姆斯特丹港吸引了許多圍觀的群眾。為了此次的航行，遠征公司特地委託位在贊丹的造船廠，打造三艘遠航的大型船隻：阿姆斯特丹號（the Amsterdam）、荷蘭迪亞號（the Hollandia）、以及莫里斯號（the Mauritius）；除此之外，還有負責前導勘察的白鴿號（the Duyfken）。船上安裝了遠超過一般武裝商船規格的一百門海軍用的遠程火炮。

水手們、商人們、以及傭兵，各自拖著自己的行囊，魚貫地登船。群眾有人鼓掌叫好，也有船員的家屬們在岸邊泣不成聲：他們認為此次一別就是永別，沒有人能夠穿越葡萄牙的海上防線；就算成功突破，亞洲，那個神秘、充滿未知的國度，會發生什麼事情，沒人知道。

遠征公司的三大股東：卡爾、胡德、以及鮑爾，與四艘船的船長還有首席商務官一一握手道別。

當年被派去里斯本做商業間諜的柯內里斯・德郝特曼，如今是莫里斯號的首席商務官、海上議會的議長。他抬頭挺胸地站在岸邊，看著圍觀的阿姆斯特丹市民們。

「他們都是為我而來的，」高瘦的鷹眼男子，板著一張臉控制著內心的激動。他曾經被關在里斯本的監牢裡兩年，而他的荷蘭同伴卻對他不聞不問，「當我回來的時候，你們會給我更多的掌聲。」

沒有東西能比黃金和榮耀更能夠驅使大航海時代的歐洲青年們揚帆遠行。柯內里斯轉身登艦。甲板上，莫里斯號的船長莫里納爾（Jan Jansz. Muelenaer）豪邁地問道：「柯內里斯，準備好了嗎？」

柯內里斯向他點頭。負責航海事務的船長大手一揮：「起錨！出發！」

港口的燈塔上，老邁的議長奧登巴那維倚著窗口，選擇在暗處，看著他促成的這趟冒險的展開。四艘遠征船的船桅上升起了三色條紋旗，駛向一片波瀾壯闊的未知領域。

「一路順風。」

第四章

畢斯曼的日記

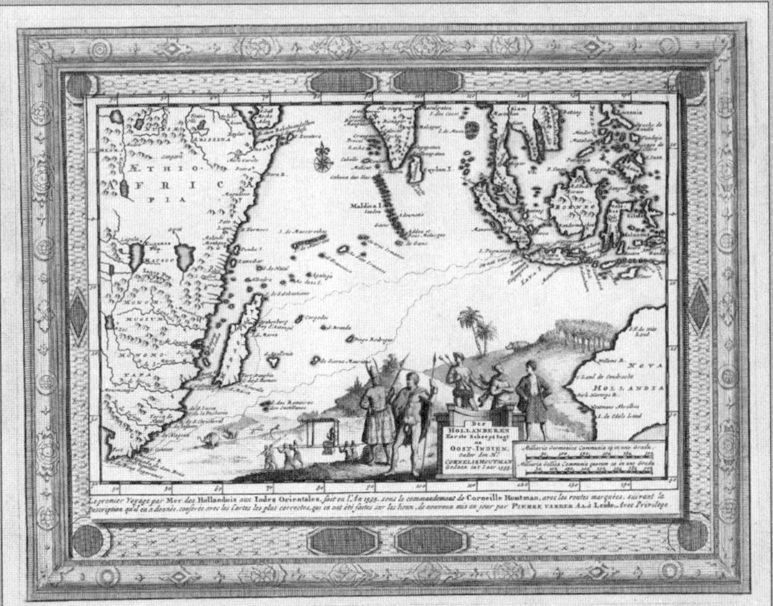
ÆTHIO
FRIC
PIA
NOVA
HOLLANDIA
HOLLANDEREN
OOST-INDIEN.
Le premier Voyage par Mer des Hollandois aux Indes Orientales, fait en l'An 1595. sous le commandement de Corneille Houtman, avec les routes marquées, suivant la Description qu'il en a donnée, conférée avec les Cartes les plus correctes, qui en ont été faites sur les lieux, de nouveau mis au jour par PIERRE VANDER AA, à Leide. Avec Privilège

奈梅亨的貴族子弟

蘭伯特・畢斯曼（Lambert Biesman）出生於一五七三年的奈梅亨（Nijmegen）；他的家族──畢斯曼（Biesman）以及范畢寧仁（van Beuningen）從神聖羅馬帝國（Holy Roman Empire）時代，就世襲著奈梅亨侯爵的稱號。當沉默者威廉率領荷蘭人對抗信奉天主教的宗主的同時，奈梅亨的貴族們則支持著西班牙，以確保自己的既得利益。

當年死於一場陰謀暗殺的威廉親王，由他的小兒子莫里斯王子繼承他的遺志，以少得可憐的兩萬步兵和兩千騎兵，一次又一次擊退了西班牙王國；最後，在一五九一年十月二十一日，莫里斯王子攻下奈梅亨。

那一年蘭伯特・畢斯曼十八歲。

早在莫里斯攻陷奈梅亨之前，強大的畢斯曼與范畢寧仁政治家族已分送一些子弟到北荷蘭阿姆斯特丹留學、工作；假如奈梅亨被攻陷，起碼不會全盤皆輸。

蘭伯特的表哥、遠征公司第一艦隊海上議會成員：赫里・范畢寧仁（Gerrit van Beuningen），就是這樣背景下的奈梅亨騎士，被送到阿姆斯特丹學習貿易。奈梅亨被收復

（對范畢寧仁家族來說是「陷落」）之後，他夾帶著巨富回到家鄉，重新鞏固家族在奈梅亨的地位。就在「遠征公司」成立、準備前往東方之際，他帶著家族中的小表弟：蘭伯特．畢斯曼，登上了荷蘭迪亞號。

在蘭伯特留給雙親的信件中，充分表現了一位貴族青年對於未來無限美好的想像：

「……在赫里表哥的推薦下，我加入了這個史無前例的偉大艦隊，即將啟程前往東方。在薛靈格（Jan Jacobsz. Schellinger，阿姆斯特丹號船長，蘭伯特母親的表親）以及赫里（荷蘭迪亞號首席商務官）的領導下，我相信這趟遠征將帶回無限的機會。沒人能夠違背船長以及商務官的命令，父親，請相信我在船上一切都會很順利。……」

在這封信的最後，他留下了一句那個時代荷蘭青年胸懷大志的話：「我們將啟程尋找新的、從未見過的土地（荷文：Wij nieuwe landen gaen soecken de noyt bevaren sijngeweest）。」

然而，無情的大海摧殘了少年的雄心壯志，吞噬了他的同伴；當第一艦隊被困在馬達加斯加島上的安提高聶爾灣的時候，一場奪權陰謀，讓他見識到了人類鬥爭的本性。

安提高聶爾灣

柯內里斯．德郝特曼所率領的第一艦隊（the First Fleet），遠征東印度香料群島——這次的遠征被稱為為荷蘭人第一次的長途航海。四艘武裝商船：阿姆斯特丹號、荷蘭迪亞號、莫里斯號以及白鴿號，蘭船東去。追逐驚人的東方商業利益，並且期望能夠為尼德蘭在香料貿易上牽制西班牙與葡萄牙。

艦隊離港之後，柯內里斯根據自己從里斯本偷回來的海圖，巧妙地閃開了所有葡萄牙海軍的防守據點，一路躲躲藏藏，順利來到了非洲的西岸。葡萄牙海軍只有在北非布署軍艦，一旦穿越了北非就安全了，他們甚至一炮未發。

第一艦隊繞過西非航行，儘管遭遇到一段無風的航程，導致行程耽擱；甚至遇到了葡萄牙艦隊，所幸沒有開啟戰端（葡萄牙船長因為沒有收到上級開火指令，就讓第一艦隊離開了）；大致上還算是平穩地來到了非洲南端的好望角，這裡是大西洋的東界，越過了好望角，就是印度洋——而大海的試煉卻正要開始。

好望角位於西風盛行帶，終年暴風不止，堪稱是世界上最危險的海域。柯內里斯從葡萄牙人那裡學到的知識只有告訴他「越過好望角、抵達馬達加斯加，然後就能乘著信風一路抵達爪哇」，卻沒有人告訴過他：從好望角到馬達加斯加，是一段地獄般的航程。

他們花了兩個月才抵達馬達加斯加，然後又被季節性的暴風雨給困在這個蠻荒之地長達六個月。就在一處叫做諾西馬尼沙島（Island of Nosy Manitsa）的地方，第一艦隊埋葬了七十名病死與餓死的成員，成群的墓碑，讓此地被後人稱為「荷蘭公墓」。之後，艦隊抵達安提高聶爾灣（Bay of Antigonil），找到水果以及清水作為補給。

一五九五年十二月二十四日，就在又一次嘗試突破暴風圈失敗後，艦隊退回安提高聶爾灣，士氣低落，所有人都沮喪不已，水手之間瀰漫著絕望。開始有人嚷著要放棄遠征，調頭返航——這種言論比風浪更可怕，直接挑戰了艦隊高層的領導威信。

艦隊分崩離析，叛亂一觸即發。在那片覆蓋著原始叢林的海灣上，充滿著人性的野蠻以及算計鬥爭，一場內亂即將上演。而出身於奈梅亨的貴族子弟、荷蘭迪亞號的船員蘭伯特・畢斯曼，正身處於這場鬥爭奪權事件的風暴中。他的航海日記中，流露出他的恐懼與傷悲[1]：

✦
✦
✦

一五九五年，十二月二十八日，安提高聶爾灣，馬達加斯加。

十四天前，暴風雨將我們帶回到這裡，這個埋葬我們同胞的墓地。主啊，祢為何要如此折磨祢衷心的僕人？

這幾天發生的事情對我來說，衝擊實在太大。我不知道誰是誰非。趁我略為冷靜的時候，我將這段經過記錄下來；如果我們能夠成功回到阿姆斯特丹，或許我會向「公司」稟告這一切。但是現在、現在、現在……。

現在做什麼都不重要了。若是無法成功抵萬丹，吾等都將成為漂泊在大海上的亡

1 在維基百科關於荷蘭人第一次遠征的文獻中，以及司馬嘯青所著的《台灣荷蘭總督》中，都描寫到了柯內里斯與范畢寧仁在艦隊領導權上的爭執；雖然《台灣荷蘭總督》一書中，說范畢寧仁是阿姆斯特丹號的商務官，但是大部分的文獻都指出應該是荷蘭迪亞號——無論如何，這次的嚴重爭執是本次遠航中相當重要的轉折點，破壞了艦隊和諧，間接導致了日後的「聖尼古拉節事件」。在諸多文獻中，由Fred Swart所寫的論文：《Lambert Biesman（一五七三～一六〇一）of the Company of Trader- Adventurers, the Dutch Route to the East Indies, and Olivier van Noort's Circumnavigation of the Globe》對於此次事件描寫最為深入。這篇論文整理了畢斯曼的日記與家書，拼湊出許多關於第一次遠征的細節。本章節基於這篇論文，並根據史實「范畢寧仁抵抗柯內里斯的領導，決議率領荷蘭迪亞號獨自返航，結果鬥爭失敗反遭囚禁」的主架構，再衍生而出的創作情節。

靈。

當我們被迫回到安提高聶爾灣的時候，我敬愛的表哥赫里，要我到商務官的船艙中找他。他支開了所有的水手（事實上此刻大夥兒正在忙著登陸與下錨），關起門來，與我密談：

他告訴我，任務失敗了，我們不可能抵達萬丹、帶回任何辛香料的。

當下我很震驚，雖然我心中隱隱約約覺得「我們失敗了」，但是從海上議會的成員口中聽到，卻是截然不同的打擊。

「柯內里斯那傢伙的海圖根本是錯的，他被葡萄牙人給騙了。」赫里不斷強調這一點。我試圖透過一些地理證據與他爭辯，可是他變得相當憤怒，對我咆哮——近來他變得相當暴躁，過往那些優雅的貴族禮儀已不復存在。我不怪他，身為商務官以及艦隊的出資者，他有巨大的壓力。

他對我說，我們只有兩條路：第一條就是相信柯內里斯所說的，繼續往東航行，但是那是死路一條（赫里非常確信）；另一條路，就是放棄任務，直接返航。

我簡直不敢相信赫里說出這些話，這不是我認識的那個高貴、永不放棄的奈梅亨騎士。我說，公司會怪罪我們的；他說，失敗也是一種經驗，這不是我們的錯，我們已經死了那麼多的人，全是柯內里斯的錯。

我認為就算我們決定要返航，海上議會也不會同意；尤其在前些日子，我見識到了赫里在議會裡面的影響力已經大不如前，連我們的遠房表親薛靈格船長，也對赫里的傲慢相當不滿。

「海上議會不需要知道這些事情。」赫里平靜地說，彷彿他已經規劃好一切：「因為我們會率領荷蘭迪亞號獨自返航。」

這是一個宛如自殺的決定，我告訴他柯內里斯不會放過我們的。但是我發現，說出議長的名字只會有反效果——赫里變得更加暴躁。他說，他會在十四天後的深夜裡面召集船員，逼使船長貿歐（Simon Lambertsz Mau）返航。

「水手們早就對這趟遠征喪失信心，我確信他們都想回家。」

這一點我同意，船上早就分成了兩派：水手以及商人。水手只想活著回家，商人依然沒有放棄致富的夢想。而且商人控制著傭兵，所以水手暫時還不敢反抗。

若是問起：我是屬於哪個陣營？說實話，很難回答。大海的確可怕，我總算是徹底地見識到了，但是我並不後悔，我確信，我的未來在東方。

可是赫里是我的長官、我的表哥，是我們家族的榮耀。在當下，我陷入了兩難。而他似乎看出了我的疑惑：「蘭伯特，我答應過你的父母，要帶著你活著回去。我知道你在擔心這麼一來會承擔著背叛海上議會、背叛公司的罪名。」

說實話，我的確很擔心。

「別擔心，我都計劃好了：第一，海上議會根本無法阻止我們。十四天後的深夜，不告而別，我會在其他船隻的水手食物裡面下一些瀉藥，他們根本來不及攔截我們。」

「第二，我們離開之後，剩下三艘船只有兩條路，要嘛繼續航行，全部陣亡；要嘛也返航，可是會比我們慢個兩三天。如果他們陣亡，證明柯內里斯的一意孤行、浪費公司資源；要是他們也返航，他們更沒有立場指責我們，而且我會先他們一步，向公司舉發柯內里斯的錯誤決策。」

「第三，你什麼都不必做，只要幫我擺平菲德烈．德郝特曼。一旦我開始說服船上的水手，難保他不會發現。」

「擺平」是什麼意思？菲德烈是柯內里斯的弟弟，是他安插在荷蘭迪亞號監控我們的人馬，雖然屬於不同的政治陣營，但是我可不想殺人。

「等下我們登陸之後，會到島上搜尋補給品，我會把你跟菲德烈編在同一組；你引誘他到叢林裡面，悄悄地做掉他。你辦得到吧？」赫里眼露凶光，交給我他的佩刀：「拿著，解決他。把屍體藏好，就說你跟他在叢林裡面走散了。沒人會發現是你做的，公司也不會知道。」

我試著拒絕，但是他說，畢斯曼和范畢寧仁是血脈相連的家族，一旦東窗事發，我也脫不了干係。要嘛支援他，要嘛什麼都不做，等著被逮捕。

於是我做了。

那天，我和菲德烈被編在同一組，搜查水源。我試圖誘導他來到島上的一處密林裡，一路上，菲德烈認真地在樹叢裡面留下記號，以便我們找到回去的路。他走在我的前面，相當專注於搜尋水源以及做記號，我隨時都能一刀了結他。一路上我相當忐忑，不知道該不該這麼做，最後，我還是抽出了配刀，緩緩舉起，準備給他致命一擊。

「……蘭伯特，我真沒想到你會這麼做。」菲德烈突然出聲，但是他依然背對我。我意識到，是影子：就在他蹲下來刻下記號的時候，看到了我高舉佩刀的影子。

事到如今，我羞憤地一步跨出，一刀揮下。但是一支飛箭從我面前劃過，咚地一聲、刺進我身旁的樹幹。我轉頭看去，那是議長柯內里斯．德郝特曼。

「柯內里斯要我在這次的搜索中把你解決掉，說你跟赫里是亂黨——」菲德烈這麼說著，臉上露出痛心的表情，一手箝住我持刀的手，奪下我的佩刀：「我一直很掙扎，因為我無法相信：像你這樣單純的傢伙會涉及到任何的陰謀中。」

柯內里斯放下了弓，從叢林中走了出來，身邊還有兩個莫里斯號上的傭兵。一路上菲德烈到處留下印記，為的不是方便我們返回，而是讓他的哥哥跟蹤我們。我這才瞭解到，就在我們想要除掉他的時候，他們早就準備好要先幹掉我們，而且準備得更為充分。

菲德烈讓我跪下，準備處決我。但是柯內里斯制止了他：「如果蘭伯特想殺你，代表赫里已經開始行動了。」

「我不知道你是否相信我，但是，我可以原諒你，當這一切沒有發生過。」議長伸手將我扶了起來：「只要你告訴我，你那邪惡的表哥有什麼計畫。」

他向我保證，沒有任何荷蘭同胞會死在自己同胞的刀下，也保證不會傷害赫里，於是我全部都告訴了他——說實話，我也沒有別的選擇。

「蘭伯特，你覺得我們能夠抵達萬丹嗎？」艦隊議長坐在一塊大石頭上，要我也坐下，我不知道他在想什麼，我說：「我們已經漂流快要一年了，死了七十多名同伴，連一粒胡椒的影子都沒看到。」

「你說的都對，但是，你相信我們會成功嗎？」柯內里斯打斷了我的話。

「我不知道。」我搞不懂他的把戲。

「我相信我們會成功。」柯內里斯站了起來，拍了拍我的肩膀：「從出發到現在，沒有一丁點兒的懷疑。」

這真的很奇怪，他是我們奈梅亨派的死敵，剛剛還企圖要殺死我（雖然我也企圖殺死他的弟弟），但是在那一瞬間，我覺得我熱淚盈眶；將近一年的壓力突然釋放，忍不住哭了起來。

他讓我回到荷蘭迪亞號上，向赫里回報菲德烈已經被我解決，屍體被藏在密林裡。菲德烈悄悄躲在莫里斯號上詐死；柯內里斯則是緊密監視著荷蘭迪亞號的行動。

我成了荷蘭迪亞號的叛徒。

每天夜裡，我在海岸上與菲德烈密會，告訴他赫里又接觸了誰、哪些水手很彷徨、哪些水手又是赫里派的鐵票。我詢問菲德烈，這些叛變的水手會有什麼下場，菲德烈總是說，議長保證沒有人會死。

就在十二月二十八日的夜裡，當晚就是我們密謀叛變的日子。赫里要船長貿歐到荷蘭迪亞號上商談，我可以預料貿歐會答應，因為柯內里斯早就和貿歐串通，要他演一場戲；我負責叫醒所有荷蘭迪亞號的水手，準備偷偷登艦。

而如我所料的，其他船隻的傭兵以及水手將我們團團包圍，柯內里斯親自出馬，宣佈赫里的陰謀已經被破壞了，只要願意投降，他可以既往不咎——如同他對我的承諾，沒有人會死，也沒人知道我曾經背叛了赫里。

但是有幾個水手突然奪刀，衝了上來攻擊議長，大概是不相信會被原諒。接下來我只記得柯內里斯大手一揮，一場屠殺在我面前展開。我無法相信我看到了些什麼，荷蘭迪亞號的同伴無論是否投降，都一一被殺害。我跪在議長面前，痛哭著求他停手，其他船隻的議會成員也終於站在我這邊，要議長停止殺害自己的同胞。總算，他停止了殺戮。

我看著殘餘的同伴，大概只剩下二十餘人，再也成不了什麼氣候了，這個人數連船都開不了。我往船隻的方向看去，只看到貿歐和他的傭兵，押著赫里往我們這裡走來，一把將我狼狽的表哥推倒在地。

貿歐証實了赫里試圖說服自己叛變，而赫里臉頰慘白，他焦急地看向人群，我才意識到他想看我是不是還活著——我覺得很慚愧，躲到人群裡。

議長想要當場處決赫里，罔顧與我的約定；但是其他議員們反對，尤其是阿姆斯特丹號的薛靈格艦長：「柯內里斯，今天已經死了太多的荷蘭人，不能再殺死自己的同胞了。」

最後，赫里被剝奪了指揮權，被宣判在往後的航程裡，都要被監禁在荷蘭迪亞號上。由於荷蘭迪亞只剩下二十多人，無法航行，於是從其他船隻調派水手支援——如此一來，我們更是再無叛變的可能。

柯內里斯叫我走上前，任命我繼任赫里的商務官職位，其他的議會成員表示贊同；這算是一種政治懷柔政策、一種勢力平衡。

他伸出右手和我握手，把我拉近，拍了拍我的背。我沒辦法向任何人指控柯內里斯背叛了對我的承諾，因為這說明了我先背叛赫里。我感覺身體僵硬，強忍著怒火、低聲

第五章

萬丹見聞錄

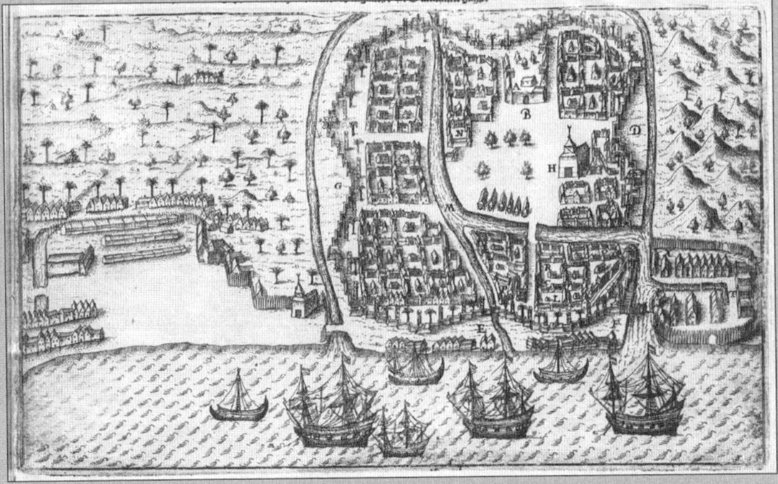

萬丹地圖（map of Bantam），來自於《印度歷史》（Historie van Indien）一書，作者是 Willem Lodewijckszoon。此書出版於1598年，描述了荷蘭第一艦隊東行的故事。

菲德烈．德郝特曼咬開一粒胡椒籽，嗆辣的芬芳立刻充滿他的口齒之間，這個猛烈而幸福的滋味，幾乎讓他忘了四百七十三天的漫長航行、其中還有一段長達一百一十二天的海上絕望漂流。

他大力地吸了一口氣，香辣的香料氣味、水手的汗臭味、潮溼的空氣混合成一種五味雜陳、難以形容的味道：「那是美夢成真的味道，萬丹的滋味。」

他正站在萬丹市集的中心。儘管已經來了十多天，菲德烈回想起過去一年多來發生的種種，他仍然衝動地想要大聲歡呼：「感謝主！我們終於到了！」

諸神遺落的珍珠[1]

爪哇島，東西長、南北短，南面印度洋，北臨爪哇海。隔著海峽與西北面的蘇門答臘對望。炎熱的氣候與豐沛的雨量，讓這個今日人口最稠密的島嶼生機盎然，生長著各式各

1 這個標題取自於Elizabeth Pisani所著的印尼見聞錄《諸神遺落的珍珠》，描述印尼這個多民族國家百年來經歷荷蘭人、英國人、日本人的殖民、侵略統治，終至獨立，卻又陷入不同種族與宗教信仰之間的矛盾情感。

樣的珍奇作物。

這樣富饒的土地，堪稱大地之母的恩賜；但也因著豐饒，千百年來，各式各樣的政權、民族，覬覦著、爭奪著這塊肥沃的島嶼。

最早，印度人乘船而來，帶來了印度教以及佛教，在爪哇島上建立起了大大小小多個印度教—佛教政權。公元九世紀，佛教政權在爪哇島上興建了世界上最大的佛教寺廟：婆羅浮屠（Borobudur）。自從一二九〇年以來，島上的佛教強權——滿者伯夷（Madjapahit），一直統治著爪哇島。

一四七五年，爪哇島上一個叫做淡目（Demak）的地方，其首長信奉伊斯蘭教，在伊斯蘭教徒的支持下宣布獨立，建立蘇丹國淡目，開始與滿者伯夷興起長年戰爭。

淡目控制了當時爪哇島上的航運樞紐，掌握了東南亞的貿易大權，快速發展國力。此外，淡目不只與滿者伯夷作戰，還扶持了許多其他的穆斯林蘇丹國，與島上其他的佛教勢力作戰。其中一個蘇丹國，正是爪哇最西邊、同樣掌握香料貿易的萬丹。

一五二七年，佛教國滿者伯夷被穆斯林淡目國消滅，自此，爪哇從佛教政權變成了伊斯蘭政權。萬丹也在這一年，從印度教政權巽它國（Sunda）的統治下獨立。

從印度教、佛教、到伊斯蘭教，以爪哇、蘇門答臘為首的東印度群島，恍若一串被眾神遺落的珍珠——她的苦難卻還沒有終止。

蘭船初抵

一五九六年六月二十二日，這是荷蘭歷史上的第一次：荷蘭艦隊繞過了葡萄牙人的封鎖、成功地抵達東亞香料的集散地萬丹。這趟航行所付出的代價是沉重的：過半的船員死亡、船上發生政變、船隻破損。不過這一切的一切，都在他們抵達爪哇島之後獲得了補償。

第一艦隊的總指揮柯內里斯·德郝特曼在爪哇島上地位較低的蘇丹引薦下，拜見了萬丹國的統治者：高蘇丹克林·帕揚（Keling Padjang）。

柯內里斯呈上了許多新奇有趣的歐洲禮物，讓蘇丹大開眼界，嘖嘖稱奇。就在柯內里斯極力爭取要蘇丹帕揚與荷蘭聯合省簽訂貿易條約的時候，這名鷹眼男子注意到，在蘇丹宮廷裡面，有著幾個不友善的身影：葡萄牙人。

「不用擔心，柯內里斯，」莫里斯號的船長莫里納爾在海上議會中發言：「我的手下告訴我，葡萄牙人在這邊只有建立一個貿易站，最多只有二十多名人員。」

「武力呢？」阿姆斯特丹號的高級商務官范黑爾（Reynier van Hell）問道。

「武裝傭兵只有十名。」莫里納爾回答。

「不如我們直接把他們全部幹掉！」范黑爾生平最痛恨葡萄牙人。

「不行，」柯內里斯制止了他的同僚：「才剛到，就引起紛爭，這會讓蘇丹覺得我們想要侵略他的國土。」

「的確，」艦長莫里納爾接著說：「高蘇丹帕揚正在和鄰近的蘇丹處於敵對狀態，不如我們向他表示，荷蘭人願意協助他對抗其他蘇丹；相對於葡萄牙人只有十名武裝傭兵，我們有四艘武裝的船艦，大砲一百門，更能夠提供蘇丹可靠的保護。」

「就這麼辦。」柯內里斯以及其他議會成員達成共識。

萬丹市集

過去的七十五年以來，葡萄牙人從來沒有在萬丹碰到過來自歐洲的對手，即便葡萄牙人抗議，荷蘭人依然順利地展開了他們在萬丹的商務活動。

柯內里斯邀請蘇丹帕揚參觀第一艦隊的武裝火力，蘇丹同意，與荷蘭聯合省的莫里斯王子簽訂友好合約，給予荷蘭人最優惠的商務條件，在萬丹進行商務貿易。

而貿易其中包含：荷蘭人得以使用比葡萄牙人更優惠的匯率，兌換萬丹的貨幣：八個葡萄牙里爾銀幣可以兌換十萬個卡薩斯銅幣。

同時間，柯內里斯的弟弟菲德烈，第一艦隊的商務人員，正在這個東南亞最大的貿易中心萬丹進行貨物的採購。

站在人潮洶湧的市場中心往外，可以看到三條主要的市場大街。菲德烈往東方大街走去：這是所謂的中國街。

這條充滿東方情調的大街上，孟加拉的武器商人們販賣著做工精巧的印度武器，有著波紋劍、戰象使用的長矛、藤甲盾牌，造型上充滿著熱帶子民的狂放以及無限創造力，甚至至刻畫著印度教的神話故事；阿拉伯以及波斯的商人們面前則是陳列著各種珠寶首飾，上面鑲著大量的翡翠、土耳其玉、以及象牙，這些都是在荷蘭相當少見的寶石；一些來自中國福建沿岸的商人們，僱用了武裝傭兵，看守著他們陳列的黃金首飾，菲德烈上前詢問，得知這些黃金是從中國東方的日本國來的。

「真的有所謂的黃金國！」在那個充斥著金銀島傳說的年代，歐洲人對於「日本就是黃金國」的這個傳說深信不疑：「有機會的話一定要到日本看看。」

中國街的底端，是中國商人們的店舖，陳列著荷蘭商人們一輩子沒有看過的漂亮絲綢，以及各種精美、但是說不出名字的美麗事物。

菲德烈試圖用來自希臘的水晶玻璃換取一些黃金首飾以及東方絲綢，但是識貨的東方商人們不買帳。

「那個，我們要那個。」中國商人操著彆腳的葡萄牙語、指著菲德烈腰間的火槍：「火槍，絲綢，交換。」

貿易就是這麼進行著。以物易物，人類最原始的本能之一[2]。

轉往南側，這條大街上放眼望去，只看到五彩繽紛的布匹還有服飾。菲德烈正要走入，大街入口的兩名萬丹守衛制止了他。

「男人，沒有。」守衛只會說爪哇語，透過商團的當地翻譯，菲德烈發現這是一條女人街。翻譯人員比手畫腳地解釋著：只有女人可以進入，男人擅闖的話，會被課以相當重的罰金。

「東方人真是保守啊。」菲德烈心中這麼想著：「但是女人真的會貿易嗎？」在荷蘭、甚至是歐洲，普遍識字率不高；懂得算數或者是記帳的，只有受過專業訓練的商人和教士，而這些人多半是男人。但是在印尼、爪哇，則完全是另一種風情。在這裡，商業、貿易、帳目這些事情，被定義成一種家庭瑣事，基本上男人是不參與的，而是由女性來主導。

在翻譯人員的帶領下，荷蘭商團被帶領到女人街的尾段，那邊充滿著水果攤販。「雖然不可能把這些水果運回阿姆斯特丹，但是看看也好。」抱著這樣的心態，荷蘭商人們踏入了這條水果街，迎接他們的，是這輩子從沒見過的珍奇異果。

菲德烈望著眼前那發出奇異味道的水果，與其說是「奇異味道」，不如說已經接近惡臭。他捏著鼻子，硬是吃了一口，嘴裡跟心中都是五味雜陳——「種這種水果幹嘛？要是我是爪哇之王，就把這些果園都燒了，全部種胡椒。」

2 交易是人類原始的本能，這個概念來自於Philip Ball的《用物理學發現美麗新世界》。當中作者引用統計學家艾科斯羅德的「糖域」實驗，論述文化的形成來自於人與人之間的交易。若說文化是人類獨有的特徵、且只要有人類聚落的地方就會形成文化，那麼交易就可以算是人類原始的本能了。

接下來他們轉往西側，第三條大街：香料大街。

荷蘭商人們各個眼睛一亮，拉了拉衣領，準備好好地大幹一場：畢竟，這才是此行主要的目的。

所有的商務人員分散下去，調查各種香料的情報與價格行情，他們驚訝地發現——胡椒的價格只有葡萄牙人在歐洲賣給他們的十分之一！

「這些狗娘養的葡萄牙混蛋！」菲德烈忍不住罵了句髒話，趕緊在胸前畫了十字：「我們發財了！」

葡萄牙的陰謀

來自荷蘭低地的紅髮商人們在市場上大量搜購各種香料，這個消息很快就在市場上傳開了，萬丹人盡皆知；當荷蘭人用盡了資本的時候，他們甚至從船艦上拆下幾門大砲，向中國商人抵押兌現、再投入香料交易。

菲德烈這一輩子沒有這麼忙碌過：白天，他在萬丹市集中採購香料，到了夜裡，當他的同僚正在飲酒狂歡的時候，他卻得進行他此行另一項任務——觀測星象。

菲德烈，與他的胞兄柯內里斯不同，與其說他是一名水手或是商人，他更像是一名學者。對於艦隊指揮官柯內里斯而言，這片大海是他升官發財、大展鴻圖的機會；而菲德烈感興趣的，卻是星空、以及大海本身。

如此一位學者風格的人，理應在萊登大學裡面做研究，而非在大海上冒著生命危險追逐香料利潤。但是菲德烈非常尊敬這位兄代父職、將他拉拔長大的柯內里斯，無論兄長想要做什麼，他都會全力支持他、甚至與他一起參與。

當「遠征公司」成立，即將東航的消息傳遍了阿姆斯特丹，菲德烈向自己原本工作的地圖畫坊請辭，準備上船。

畫坊的老闆、聞名歐洲的地圖與天文學家皮徹斯・普藍修斯委託了菲德烈一個重要的工作：

「我老了，菲德烈。」普藍修斯握著他的雙手：「請代替我，到南方去，紀錄南天的星空。」

在當時，西方天文學家僅僅描繪了北天的星座，而南天則是還有一大片空白。於是，在這段漫長的航程中，菲德烈夜夜觀星，不只紀錄了赤道附近的星空，更在被困在馬達加斯加的時候，紀錄了南天星象。

結束了白天在市集採購的工作後，菲德烈就來到蘇丹的宮廷，向蘇丹的天文學家學習爪哇人的天文與氣候知識；他與這些穆斯林天文學家一見如故，在這些新朋友的協助下，他更獲准，在夜裡登上穆斯林的呼拜塔觀星。

這一夜，菲德烈在呼拜塔上，正專注地描繪著幾顆星光微弱的黃色小星。他攤開自己繪製的南天星圖，舉起一小盞煤油燈，看著這一年多來自己的心血。

「天堂鳥……。」菲德烈一手指著星圖上的四顆小星星，用手指將他們連成一個扭曲的四邊形；他回想到航程中，曾經在一座荒島中下錨，上岸找尋食物和飲水的時候，當時看到一種有著長尾巴的黃頭巨鳥。水手說，這種鳥叫做極樂鳥，是鳥中之王、來自天堂的鳥。

他抬頭看看這個南天的小星座，臉上露出微笑：「我要叫這個星座『天堂鳥（荷文：Paradysvogel Apis Indica）』。」

天堂鳥，就是後世所知的「天燕座」，學名Apus，是荷蘭航海家菲德烈與凱澤（Pieter Dirkszoon Keyser，第一艦隊領航員）發現並且命名的十二個南天星座之一。

菲德烈看著他新發現的「天堂鳥座」，幻想著天際有一隻長尾的黃鳥翩然飛委，划過南天，落在屋頂的另一端。突然，他留意到在呼拜塔的下方，有一個人影正鬼鬼祟祟地靠近。

菲德烈的眼力不差，很快他發現那是一名白人。然而此刻的荷蘭商隊正在遠處駐紮休息，能現身於此的白人，大概只有——葡萄牙人。

這得好好偵查才行。他躡手躡腳地走下呼拜塔；就在他快要到底層的時候，聽到下面傳來人語，是葡萄牙語：

「……正如我所說的，大人，那班紅毛鬼不是好人，他們有著海盜的血統。」

聽到這句話，菲德烈打了一個冷顫，豎起耳朵，縮起身體，悄悄探出頭：塔內有著微弱的油燈燈光，讓他認出其中一人是蘇丹的穆斯林祭司。

「把他們趕走，有什麼好處？」祭司用著不甚流利的葡萄牙語問道。

「這不是好處的問題，大人……」菲德烈認出這個聲音，他是葡萄牙商會的會長，狄亞斯（Dias）：「荷蘭人會毀了萬丹。」

接下來，葡萄牙商會會長將音量放低，菲德烈只聽到模糊的耳語、但是不可分辨。接著他聽到，穆斯林祭司說：「真有這種事？這樣的話，必須將他們趕走才行！」

染血的萬丹

「蘇丹帕揚大人請來自荷蘭、代表莫里斯王子的貴客，到宮廷裡參加宴會。」

隔天清早，在港口紮營的荷蘭人就收到來自蘇丹的邀請，但是沒有人感到高興或是興奮，大家都憂心忡忡：因為昨天深夜，他們收到了菲德烈的警告。

「如果中午以前，沒有收到我們平安的訊息，」議長柯內里斯下令水手、傭兵以及艦長全數留下：「你們就立刻登船。」

柯內里斯要所有的水手在他不在的期間，聽從莫里斯號艦長莫里納爾的命令。他把莫里納爾拉到一旁：「我看這趟是凶多吉少。」

「不如別去了吧，我們直接離開萬丹。」莫里納爾如此勸柯內里斯。

「不行，目前我們離公司賦予我們的採購目標還有將近一半的距離，就這樣回去，鐵定會虧損的。」被任命為艦隊首席商務官的柯內里斯如此堅持。

「虧錢事小，小命要緊呀。」莫里納爾說。

「莫里納爾，我們都是荷蘭商人，對我們來說，冒著這麼大的風險、死了那麼多的弟兄，就是為了財富以及榮耀。」柯內里斯堅持：「我這一去，大不了一死；我若是就這樣空手返回阿姆斯特丹，對我來說比死還難受。」

莫里納爾凝視著他這名高大、相貌陰沉的同伴：航行一年多來，他知道柯內里斯是個城府深、有權謀的人，也知道他曾被關在里斯本兩年的事情；但是直到現在，他才理解到這個鷹眼商人的意志與決心是如此地堅強。甚至，莫里納爾都懷疑：從遠征公司的成立、第一艦隊啟航、到海上的漂流與歷險，乍看之下都是一眾商人為了實現投資報償或是政府為了維護國家利益，但其實這一切，只不過是柯內里斯「追求成功」的意志延伸罷了——而莫里納爾、公司、船員弟兄們，全都是他的棋子。

「此去雖然是凶多吉少，但是只要四艘船一駛離港口，蘇丹也不敢拿我們怎麼樣。」柯內里斯靠近莫里納爾，壓低聲音、堅決地說：「如果中午沒有我們的消息，莫里納爾，你就登船，率領艦隊——」

「血洗萬丹！」

第六章

戰火中的白鴿

荷蘭船艦開砲。這是荷蘭畫家Willem van de Velde於1680年所畫的The Cannon Shot。十六、十七世紀的海戰中，加農炮是主要的遠程武器；但是一發射就硝煙四起，看都看不清，所以多半要邊發射邊移動。

威廉・楊頌（Willem Janszoon）[1]試圖讓自己保持清醒，但是此刻他無法相信眼前的畫面是真實的：爪哇海面上，硝煙不斷、砲聲隆隆，萬丹水手不斷朝自己的方向射出帶有燃油的火箭，讓蔚藍的海岸化作一片火海。

戰爭在轉眼間展開。在荷蘭海上議會成員進宮謁見蘇丹之後，莫里斯號的船長莫里納爾便下令所有水手和傭兵立刻上船待命。焦急等待一上午，就在穆斯林清真寺的呼拜塔傳來、要人趕緊做中午晌禮的呼喊時，莫里納爾下令全艦駛出萬丹港口。

「出狀況了。」他記得議長柯內里斯的囑咐：「過了中午還沒有我們的消息，立即出海，血洗萬丹。」

第一艦隊突然駛離港邊，讓岸上的萬丹守衛之間起了一陣騷動，他們忍不住地對艦隊大喊大叫。看起來萬丹的守衛們為了是不是要停止禮拜而出擊有了爭執；不一會兒，兩艘小型戰艦揚帆追來，戰艦上的守衛大吼大叫，示意第一艦隊停下來。

1 威廉・楊頌（Willem Janszoon）是荷蘭東印度公司著名的冒險家，駕駛白鴿號探勘了澳洲海岸線。他在歷史的第一次正式登場，是荷蘭第二艦隊探勘香料群島的時候。然而，楊頌的名字一直是跟白鴿號共生的，我們可以假設，他在第一次的荷蘭遠征時，就參與了第一艦隊的冒險，所以在第二次遠征的時候才被賦予重任。

「怎麼辦，艦長？」莫里納爾的副官問道。

怎麼辦？這個問題對莫里納爾來說並不困難：眼前的爪哇人不過是不知悔改的異教徒穆斯林，是與荷蘭人的宿敵葡萄牙人進行香料交易的貪婪之輩；我們航行了大半個地球、受盡各種苦難才來到這裡，要和你們做「公平」的貿易，你們卻聽信葡萄牙鼠輩的片面之詞，羈押我們的同伴。

那麼，下場只有一個。

「旗手，號令各艦。」莫里納爾腦海中閃過他那陰沉但眼神堅定的同伴：「擊沉敵艦！」

乘著風勢，四艘荷蘭船一起轉向，右舷面向萬丹戰艦，船舷砲一齊推出。萬丹戰艦沒想到荷蘭人說翻臉就翻臉，見到人家大砲都推出來，嚇得立刻調頭。莫里納爾高舉右手，要各艦先不要發射。倉皇的萬丹船隻在慌亂中，為了調頭，而使得自身船舷也陷於砲火範圍內：此刻，萬丹船艦等於把自己完全暴露在第一艦隊的射程中。

「開火！」莫里斯號開出爪哇海上的第一砲，這一砲擊沉了敵艦，也拉開了萬丹海戰的序幕。

萬丹地牢

柯內里斯和他的商團同伴們，一早奉旨進宮。在宮廷上，葡萄牙商會的狄亞斯指控荷蘭商人想要偷渡香料種子、到爪哇以外的地方栽種。這項指控極為嚴重，直接影響了蘇丹的主要收入來源，讓蘇丹暴跳如雷。

當然這是子虛烏有的事情。可是，正當荷蘭商團要為自己澄清，蘇丹身邊的重臣、穆斯林祭司跳了出來——菲德烈認出了這個聲音，正是昨天夜裡在呼拜塔與葡萄牙人密商的祭司：

「這些來路不明的低地人不值得信任，」穆斯林祭司沈痛地望著蘇丹：「我的王啊，如今，您必須要在這群貪婪的低地人、以及我們長久以來的葡萄牙朋友之間做出選擇——希望您可以做出正確的判斷。」

此話一出，柯內里斯知道此番是沒有希望了。他們被打入大牢，等候英明的蘇丹做出最終的裁決。

就在商團成員們在地牢中愁眉苦臉的時候，遠方傳來一陣又一陣如同悶雷的巨大聲響。荷蘭人紛紛站起來想要查看，無奈被困在陰暗的地牢裡，對於外頭發生什麼事情，他們一無所知。

柯內里斯獨自端坐在人群之中，臉上掛著一抹微笑——他知道事情有了轉機。

萬丹海戰2

第一艦隊在萬丹外海擊沉兩艘小型戰艦之後，立刻乘著風勢以橫隊的方式駛向萬丹戰艦停泊的碼頭。萬丹海軍的水手立即登艦，但是還來不及駛出碼頭，就遭受到荷蘭戰艦的猛烈炮擊！

「不要讓爪哇人有機會出海！」莫里納爾下令。以莫里斯號為首，依序是阿姆斯特丹號、荷蘭迪亞號、以及白鴿號，一字列陣，朝著海軍碼頭開砲。頃刻之間，十餘艘萬丹軍艦就在碼頭邊被擊沉，碼頭一片火海。

一片手忙腳亂中，萬丹軍艦重整旗鼓，一艘軍艦從荷蘭軍艦的火力封鎖之中成功起錨，殺出封鎖線。荷蘭軍艦為了封鎖碼頭，在港口外一字排開下錨炮轟，短時間內無法移動；這艘殺出封鎖線的萬丹戰艦乘著爆破的烈風，往莫里斯號筆直撞來！

「以真主之名！」萬丹船長高喊：「撞死荷蘭船！」

「起錨！全力迴旋！」莫里納爾高呼！

荷蘭戰艦裝備精良、炮火充足、而且射程遠；但是無論荷蘭戰艦的性能再怎麼優秀，總共也才四艘，無法與萬丹蘇丹國一國的海軍相比。莫里納爾原先採用的戰術是短期的迅速打擊戰，以四艘船封鎖住萬丹港，以優勢火力儘量摧毀萬丹戰艦。為了提高炮彈的命中率，第一艦隊必須在近海處下錨，才能準確瞄准目標。

然而，一旦被敵艦突破封鎖線，自身就會成為一個靜止不動的活靶，極其危險。

莫里斯號水手在最短的時間內揚帆、起錨，在極短的距離內，儘全力迴轉：要完全避開衝撞已經是不可能的事情，只能透過迴轉，將撞擊力道降到最低！

「阿姆斯特丹！起錨！」阿姆斯特丹號船長薛靈格大吼：「掩護旗艦！」

就在莫里斯號全力迴旋自保的時候，同一時間，其餘三艘荷蘭戰艦也停止了對萬丹港

2　本章節中，第一艦隊的商團進宮晉見蘇丹然後被收押，以及艦隊司令們對萬丹展開砲轟，這都符合歷史文獻記載；而萬丹海戰的作戰細節是基於前述的歷史事件，所衍生而出的創作。

口的封鎖，紛紛起錨應對即將來到的衝撞。

阿姆斯特丹號位在戰列上的第二位，以勇武著稱的船長薛靈格下令本艦往萬丹戰艦撞去，打算把對方撞離航線、保衛旗艦；荷蘭迪亞號在船長貿歐的命令下也揚帆起錨，卻是往外海退去，調整角度以船舷面對敵艦，打算展開炮擊；白鴿號的船長蘭科・馬斯（Remco Maas）則是跟隨貿歐的腳步，將白鴿號駛向外海，重新調整角度。

「發射！」貿歐下令；「不要讓它撞上旗艦！」蘭科也下令開火。

十餘發炮彈朝萬丹戰艦射去，爪哇船長高聲呼喊著可蘭經文，仍然堅守船隻衝刺的方向；儘管船身以及風帆被射中，依然堅定地筆直航行。

「碰！」裝設了撞角（ram）的阿姆斯特丹號從斜角撞上了爪哇船，體形小了一號的萬丹戰艦被撞出一個大洞、航線完全偏離；此時，莫里斯號也已經迴轉完成，船舷向敵。

「開火！把穆斯林送去見他們的真主！」莫里斯號在極近的距離炮擊敵艦，不需要瞄准，就將這艘無畏的爪哇戰艦打得支離破碎！

危機被短暫化解了，但是英勇的萬丹戰艦並非白白犧牲：因為它的奮勇突圍，破解了荷蘭封鎖線；現在，將近三十艘的爪哇戰艦已經順利起錨、揚帆，分成左右兩隊往第一艦隊駛來，打算包夾荷蘭人！

「艦長！我們要被包圍了！」莫里斯號的大副在炮火中對著莫里納爾高喊！

「不要怕！通知僚艦：往西北方上風處全速航行！」莫里納爾臨危不亂，指揮第一艦隊往外海航去。

這不算什麼。莫里納爾曾經在威廉親王的麾下效命，指揮過一些由漁船所組成的雜牌海軍，在北海上迎擊西班牙海軍的「無敵艦隊」。那個時候，無論是在武裝上、人數上，荷蘭海軍都遠遜於西班牙，但是他們還是透過游擊式的作戰，成功地讓西班牙大型戰艦在荷蘭濕地上擱淺，逆轉了戰局。

「此刻比起當年，根本不算什麼，我們能打贏！」

爪哇海上

無盡的箭矢向著第一艦隊飛來，天上漫起漫天火雨。阿姆斯特丹號以及荷蘭迪亞號被迫降下橫帆、以免成為火箭的目標；儘管如此，兩艘大船已經傷痕累累、船舷上佈滿了箭簇和炮痕。

「快去船尾救火！」、「有誰陣亡了？」船上不時傳來叫喊。

「艦長！我們脫離吧！」爪哇戰艦已經逐漸形成了包圍網，莫里納爾的副官上氣不接下氣地跑到艦橋報告。

「阿姆斯特丹中彈開始進水！需要時間進行搶救！」副官飛快地報告：「荷蘭迪亞號死了十個兄弟，快要無法航行！」

「白鴿號呢？」莫里納爾閃過一支朝他飛來的火箭：「白鴿號情況怎樣？」

「白鴿號是目前狀況最好的船隻！」

「傳令！白鴿號殺進敵陣！其他僚艦往西北脫離！」為了顧及全艦隊的存亡，莫里納爾下達了一道兇險的命令：「基督保佑！白鴿號！沒死的話我們好好喝一杯！」

白鴿號船長蘭科絕望地看著旗艦旗手打出的指令：白鴿號掩護僚艦脫離，祝你好運。

「艦長！怎麼辦？」白鴿號的副官威廉・楊頌焦急地等待艦長的指令：「要戰？還是要走？」

艦長蘭科則是陷入了長考——「這是最要不得的，戰場上最忌猶豫不決：白鴿號停止了動作。」

「轟！」轟然巨響！白鴿號的艦首中彈！爆破的氣流將楊頌壓倒在地！

「艦長陣亡了！」水手高呼：「舵手負傷！」

「怎麼辦？」楊頌拔出了插在胸口的幾片木片、撕下衣襟綁住了傷口：「我該怎麼辦？」

「楊頌！現在你是艦長了！」水手抓著他用力搖晃：「快下令！」

「白鴿號！聽我號令：衝向敵陣！」楊頌跳了起來，抓住了船舵：「帆面全開！慢下來就死定了！」

白鴿飛舞

白鴿號，是一五九五年荷蘭人發明的輕武裝快船，吃水五十噸，主要的任務是作為艦隊之間的聯繫、以及前導探勘。兩桅橫帆，一桅縱帆，在斜風的時候提供動力，特色是只要少許水手就能開動。

此刻，楊頌下令除了操帆手以外，所有的人員都到船舷兩側參與炮擊戰。

「除了彈藥，把所有的貨物都扔下船！」一聲令下，食物、飲水、商品紛紛被扔下海，船身瞬間又減輕不少，速度更快了！

「瞭望員！」楊頌一邊掌舵，一邊拉開喉嚨大喊：「隨時告訴我風向！」

就在莫里斯號帶著阿姆斯特丹號以及荷蘭迪亞號脫離戰線的時候，白鴿號卻往敵陣衝了過去，這讓萬丹艦隊感到困惑，不知道該去追擊莫里斯號還是應該先擊沉這艘小船。

「還在猶豫嗎？讓我來告訴你們該怎麼做！」楊頌駛著白鴿號，飛快地來到了萬丹戰艦的戰線前沿，猛一轉舵，船身打橫：「左舷火力全開！」

白鴿號雖然是小船，但是歐洲先進的火炮技術，讓她配備了比普通萬丹戰艦更強大的火力；一陣硝煙炮響，兩艘比白鴿號大上一級的戰艦被打得粉碎！

咒罵聲中，不需要命令，萬丹艦隊開始圍捕這艘敏捷狡猾的小船：較近的船隻試圖追捕白鴿號，較遠的船隻則是試圖砲擊她。槍林彈雨中，白鴿號在楊頌的駕駛下不停變換方向衝刺、閃避炮擊。

「兄弟們！跟我一起殺到穆斯林之間！」她竄到敵艦之間，緊挨著兩艘大船；萬丹軍艦船舷上的砲手調整火炮想要給白鴿號來個兩面夾殺，卻發現到白鴿號太矮小、靠自己太近，如果開砲，不但打不到敵人，還會打到對面的友軍。

「不要開砲！放箭！」穆斯林指揮官高喊，制止砲兵砲擊。

白鴿號則是毫不客氣，不待楊頌下令，兩舷火力全開，只一眨眼，就擊沉了兩艘敵艦！

勇敢的白鴿號展開了瘋狂的貼身肉搏戰，利用自身矮小的優勢，緊貼著對方軍艦，讓對方無法炮擊，而自己則趁勢炮轟對手。萬丹軍艦沒有想到，就這一艘小船，竟然把他們殺得方寸大亂！

此時，脫離戰線的三艘荷蘭軍艦，在稍做喘息、重整旗鼓後，在外海重新佈陣。艦長莫里納爾大吼：「保持距離！用我們長程火炮的優勢摧毀他們！別讓他們靠近！」

萬丹軍艦為了要圍捕白鴿號，形成了一個密集的集團，反而成為了遠方荷蘭戰艦的炮餌。正當他們為了閃避白鴿號致命的貼身攻擊而暈頭轉向時，西北外海傳來了致命而恐怖的炮擊聲。

爪哇戰艦一艘艘被擊中，發出巨大的爆裂聲響。暴風之中，白鴿號迂迴閃避，艦長楊頌大喊：「兄弟們抓緊！我們要脫離戰線了！」

下午三點十分，萬丹旗艦下達撤退的命令，殘餘的六艘戰艦狼狽地退回軍港，藉著岸上的防禦工事勉強將荷蘭第一艦隊限制在十海哩外；而第一艦隊也暫時休兵，在西北海域重新集結。萬丹海戰結束。

第一波的戰鬥結束了。莫里納爾帶著其他的艦長們登上白鴿號，簡單悼念了前船長蘭科，然後正式任命楊頌成為新艦長。

「威廉，幹得好！」莫里納爾拍了拍這名年輕艦長的肩膀。

「指揮官，接下來我們要如何行動？」楊頌一臉倦容，但是強打起精神，他知道戰爭還沒結束。

「各艦火力還充足嗎？」莫里納爾詢問三位船長。

「荷蘭迪亞還有一半的彈藥。」貿歐回報。

「阿姆斯特丹的火力足以把萬丹炸個七遍！」老將薛靈格惡狠狠地說。

「白鴿號隨時準備好再戰一回。」楊頌回答。

「好！為了營救我們的同胞，我們要給萬丹壓力！」莫里納爾下令：「各艦聽令！包圍萬丹！展開炮擊！打到他們放人為止！」

第七章

歸鄉之路

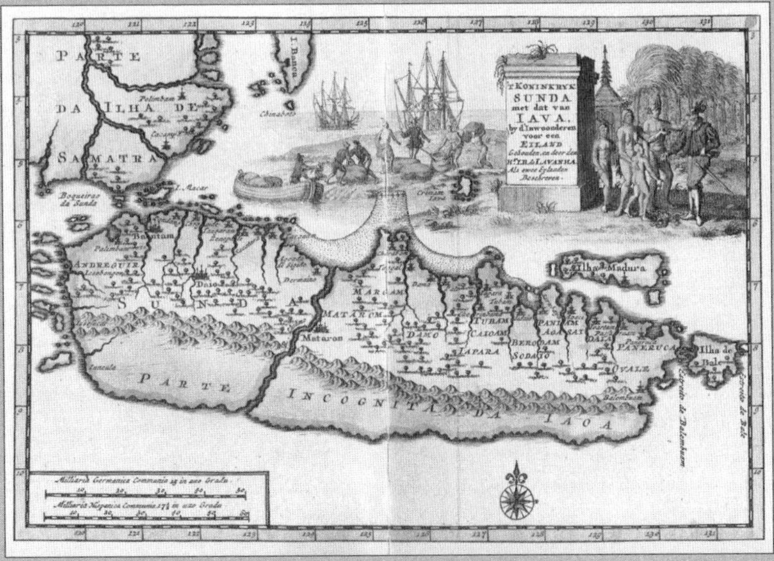
'T KONINKRYK SUNDA met dat van IAVA, by d'Inwoonderen voor een EILAND Gehouden, en door den
Als twee Eylanden Beschreven.
PARTE DA ILHA DE SAMATRA
I. Banca
Bantum
Ilha Madura
Mataron
MATAROM
PANERUCA
Ilha de Bale
PARTE INCOGNITA DA IAOA
Estreito de Balambuam
Estreito de Bale

十八世紀荷蘭人所出版的爪哇地圖。圖中的大島為爪哇島，島上的西北角處，一個紅色宮殿符號標示出萬丹；柯內里斯一行人離開萬丹之後，往東方航行，在東北角遭到了砲擊，而後撤退至圖中東方綠色的島嶼峇里島（Bali）避難。

遠方傳來急促的腳步聲，讓柯內里斯．德郝特曼在陰暗潮濕的地牢中驚醒。從一個惡夢中醒來，卻發現自己正在另一個惡夢之中；他的東印度冒險起自一萬里之外的里斯本監獄，如今卻被困在地球另一端的萬丹地牢。

「這值得嗎？」柯內里斯用力拍了拍臉，讓自己擺脫掉那些沮喪的想法：「當然值得，我這不是在萬丹了嗎？我比任何一個荷蘭人走得都遠。」

腳步聲逼近了他的牢房。柯內里斯整理好了心情，武裝了自己的內心與雙眼：「來吧，無論有什麼在等著我，來吧。」

獄卒打開了房門，粗暴地將他扯了出來，嘴中念念有詞。儘管柯內里斯聽不懂萬丹的語言，但是從獄卒臉上的憤怒表情，他看出了端倪：

莫里納爾贏了萬丹海戰，是談判的時候了。

萬丹碼頭

柯內里斯率領著被釋放的商務官團隊來到萬丹港口，荷蘭第一艦隊的代理指揮官莫里納爾在岸邊迎接他。兩人短暫地擁抱，慶祝彼此的生還：無論是從兇險的海戰中存活、或是從驚險的萬丹宮廷上逃出生天。

儘管荷蘭第一艦隊以壓倒性的火力壓制了萬丹海軍，但是艦隊需要補給；萬丹守軍敵不過第一艦隊的船堅炮利，但是他們採取堅壁清野的戰術，讓雙方的戰況進入僵局。最後，雙方同意議和——萬丹海戰的第十四天，在荷蘭人支付贖金的前提下，柯內里斯一行人被釋放了。

柯內里斯與蘇丹帕揚簽下了一紙和平貿易協議，重新允許荷蘭人在萬丹進行貿易，任何人不得阻礙；同時，荷蘭人必須遵守萬丹的法令，否則必須被逐出萬丹。

「很合理。」考量到自己缺乏來自母國的奧援、以及剛剛結束海戰後水手們的疲勞，柯內里斯認為這是他能夠得到最好的結果，於是雙方的見證下，簽下了這紙協議。

第一艦隊重新停泊回到萬丹港口，無論是水手還是商人，都動員起來開始對船隻進行整修。破損的部分需要木材來修補，柯內里斯以及各艦的商務官們，攜帶著葡萄牙銀幣來到市集裡面，與萬丹商人交易必須的補給品。

「沒有木材。」爪哇人板著臉，用葡萄牙語回答。

「說什麼鬼話，你身後不就是一大堆木材嗎？」柯內里斯身邊的荷蘭迪亞號商務官畢斯曼指著爪哇人身後堆積如山的木材問道。

「不賣。」爪哇人搖頭。畢斯曼正待爭論，爪哇商人舉起手，指著殘破的碼頭。

直到此刻，柯內里斯才好好地環顧了四周：原本繁華忙碌的萬丹碼頭，現在只剩下斷壁殘垣；地面一片焦黑，海面上盡是破碎的木板、船帆；穆斯林士兵搬運著在海戰中喪生的同袍屍體，傷者躺在岸邊臨時搭建的帳篷裡。

「這都是我做的嗎？」柯內里斯心中一驚。他的視線拉回到眼前，他看著爪哇木材商人，看著周圍其他的萬丹商人，每個人的眼中都是憤怒與嫌惡。

他別過頭去，不願再看到這些憤怒的當地商人：「走吧，我們到下一家去問問。」

不管到哪裡，荷蘭人四處碰壁。無論是木材、食物，爪哇人就是不願意與荷蘭人交易。所幸，萬丹市集不是只有爪哇人；而且金錢是商人無法拒絕的東西。

畢斯曼從福建商人那裡購買到了必需品：以平常兩倍以上的價格。

矮小的中國商人一邊開心地數著葡萄牙里爾銀幣，一邊告誡著畢斯曼：「現在整個萬丹都不想跟你們做生意了，你們擊沉的萬丹海軍艦隊，都是萬丹子民，人家恨你們呀。」

畢斯曼無話可說。臨走前，中國人說：「『生意人以和為貴』，凡事不要趕盡殺絕。有需要的話，歡迎再來。」

當天夜裡，荷蘭商團修復了四艘海船，聚在港邊，圍著營火，憑悼在海戰中死去的夥伴。回想起這一年多來的艱辛，所有的人一言不發。

「回去吧，柯內里斯。」莫里納爾打破了沉默：「我們跟萬丹的關係已經決裂。能把你們救出來已經是萬幸。」

「我們成功抵達萬丹，已經是很大的成就了。」荷蘭迪亞號船長貿歐附和著。

柯內里斯陷入短暫的沉思：因為葡萄牙人的挑撥離間，造成我們與萬丹蘇丹的誤會；在那樣的情況下，我們不只被迫終止交易、還可能有生命危險——「使用武力是正確的，我不後悔。」

但是萬丹海戰，讓這場誤會永遠沒有冰釋的一天。那麼，乾脆將錯就錯、錯到底，用武力滅了萬丹，直接把所有香料都搶走——柯內里斯的雙眼閃過一絲血腥的光芒，他轉頭看向硬派老將、阿姆斯特丹號的船長薛靈格：「你怎麼想呢？我們可能用武力讓萬丹就範嗎？」

「……雖然我們打贏了，但是現在爪哇人不跟我們貿易、我們得到的補給有限。」薛靈格沉著臉：「雖然我想乾脆把萬丹給燒了，但是現實是：如果再來一次萬丹海戰，我們勝算不大。」

柯內里斯閉上眼，他知道薛靈格說的是真心話：這名老將從不向敵人妥協，如果連他也這麼說，那麼再度發動戰爭的可能性就真的微乎其微——「似乎也就只能這樣了，回去吧。」

「范黑爾，報告一下目前的收支狀況。」柯內里斯向阿姆斯特丹的商務官范黑爾詢問。

「戰爭中，我們拋棄了許多購買的商品；又以昂貴的成本購買了補給品。」負責簿記的范黑爾看著手中的帳冊：「本來有著四成的獲利，如今，我們虧損了一半的資本額。」

所有人都心頭一沉，柯內里斯閉上眼，咬著下唇。

「那麼，」柯內里斯張開了眼，眼神充滿了決心：「我們留下來繼續貿易！」

「柯內里斯！你瘋了嗎？」莫里納爾忍不住反對：「認清現實吧！我們這趟失敗了！把命留下來，下次帶著更多的補給以及更強大的艦隊再來萬丹！」

「什麼叫做認命？什麼叫做虧損？」柯內里斯嚴厲地反問：「我們是荷蘭商人！你竟敢

跟我提虧損？」

「上帝不給我們土地，我們自己創造；西班牙人不給我們自由，我們自己爭取；葡萄牙人封鎖東方航線，我們自己打通！」他義正辭嚴，話語震懾了每個人的內心：「我們是荷蘭商人，我們的字典裡面沒有虧損，只有成功還有榮耀！」

「什麼叫做『抵達萬丹已經是成功』？搞清楚，我們不是地理學家，我們是商人！」他訓斥著莫里納爾：「任何貿易，虧損一半，我看不出這如何能被稱為成功！」

「爪哇人不跟我們做生意，還有中國人、亞齊人、波斯人！」他下令：「只要願意收我們銀幣的，就跟他們交易！把我們所有的銀幣都拿出來，全部換成香料，帶回阿姆斯特丹！」

萬丹市集

荷蘭人不惜重本地在市場上採購香料的消息迅速傳開了。爪哇人以外的商人們爭先恐後地帶著商品來到港口與低地商人們貿易。儘管胡椒的價格翻了四倍、甚至是五倍，荷蘭人依然是來多少買多少。

香料在歐洲是炙手可熱的商品，只要有，就一定賣得掉。

「十倍以內都有獲利！」柯內里斯指示著商人們：「十倍以內全都買進！」

范黑爾每天都會向柯內里斯報告目前的收支平衡狀況，虧損的情況已經大幅改善，眼看就要達到收支平衡。就在這時候，交易嘎然停止。

十月二十四號，一紙來自蘇丹帕揚的命令，打斷了這瘋狂的交易派對：「所有的貿易都必須用萬丹銅幣進行，禁止西班牙以及葡萄牙里爾在萬丹市集裡面流通，也禁止任何人用里爾銀幣兌換銅幣。」

「陰險的帕揚！」柯內里斯拍桌大罵！

葡萄牙的里爾銀幣是當時歐洲通用的貨幣，對第一艦隊來說，里爾銀幣更是它此行唯一攜帶的貨幣。禁止里爾銀幣交易以及兌換，等於是變相地將荷蘭商人驅逐出境：儘管蘇丹沒有禁止與荷蘭人貿易，但是根據和平協議：荷蘭人必須遵從萬丹的法令。

就在幾日的與宮廷的斡旋宣告失敗後，十一月六號，第一艦隊被迫離開這個再也無利可圖的萬丹。

「傳令下去，全艦往東。」柯內里斯登上莫里斯號，無視船長莫里納爾的指揮權，直接下令艦隊往東航行。

「搞什麼！還不返航嗎？」莫里納爾抗議：「我們應該回程往西！」

「我打聽到萬丹以東，有個摩鹿加群島（Maluku Islands），那裡才是整個東印度盛產香料的地方。」柯內里斯依然堅持艦隊東航：「那裡不屬於萬丹的管轄，我們可以盡情交易，補足虧損。」

「柯內里斯！我們已經幾乎損益兩平了不是嗎！」莫里納爾咆哮。

「虧損就是虧損。」固執的柯內里斯對於成功只有一個定義：「啟航。」

西達角

儘管有著堅不可摧的意志和決心，最終，柯內里斯並沒有抵達摩鹿加群島。他們在一個叫做西達角（Sidajoe，爪哇島東隅，泗水附近）的地方，第一艦隊遭遇到了沉重的打擊，壓垮了荷蘭商人們的信念。

西達角蘇丹假意歡迎第一艦隊靠岸、與之貿易，然而，就在荷蘭人降低戒心、收帆駛進港口的時候，遭到了來自岸邊最猛烈的炮擊！

所謂「好事不出門，壞事傳千里」，萬丹海戰的的事情在短短幾天內傳遍了爪哇島，西達角蘇丹設下陷阱，聯合周邊其他的蘇丹國，想要為他們在萬丹的爪哇同胞報仇。

荷蘭人用盡了他們最後的一批彈藥，狼狽地逃離了西達角；然而，在撤退的過程裡面，阿姆斯特丹號遭到了西達角港口炮沉重的一擊，十二名水手戰死。

一五九六年十二月五號，阿姆斯特丹號已經殘破到不堪航行，艦隊領袖們決定放棄她。船員們在阿姆斯特丹號上面灑上燃油，柯內里斯親自點火。

火焰中，阿姆斯特丹號沉沒在爪哇海域。二百四十八人出航，如今只剩下九十四人。

艦隊分成兩派，產生了劇烈的爭執：以首席商務官柯內里斯為首的商人派，仍然堅持繼續往東，尋求貿易彌補虧損；以船長莫里納爾為首的船員派，則決議返航。

漫長的航行以及幾次貿易上的挫敗，打擊了整個艦隊的信心。這一次，無論柯內里斯的演說再慷慨激昂，都無法提振艦隊的士氣；他被剝奪了海上議會議長的頭銜，由莫里納爾頂替。

然而，在柯內里斯積極運作下，講求政治妥協的荷蘭人做出了決議：想要繼續往東貿易的人，登上荷蘭迪亞繼續東航；莫里斯號以及白鴿號自此返航，回到阿姆斯特丹。

「只憑一艘荷蘭迪亞號，如何能夠完成這趟任務？」柯內里斯在會議中咆哮：「這豈不是要我去送死？」

「要不要隨便你，」莫里納爾面無表情地撂下一句狠話：「柯內里斯，這事已經由不得你作主了。」

聖尼古拉節事件

一五九六年十二月五日，荷蘭的聖尼古拉節[1]（Sinterklaas）前夕。

荷蘭人的聖尼古拉節是十二月六日：傳說這一天，西班牙的聖尼古拉斯大主教會帶著他的助手黑彼得，搭船從西班牙來到荷蘭，發送禮物和糖果給孩子們。這是屬於聖誕節慶祝的一部分，在這一天，也是闔家團圓的日子。

在莫里斯號上，海上議會的成員齊聚一堂，為今天剛戰死的弟兄們以及沉沒的阿姆斯特丹號默哀；然後，議會成員們共進晚餐，儘管成員之間有過許多的爭執矛盾，在今晚，仍然企圖和平地度過這分離前的最後一夜。

明天，艦隊就要分道揚鑣。柯內里斯與他的弟弟菲德烈，將率領還願意東行的商人和水手搭乘荷蘭迪亞號，繼續尋找摩鹿加群島——沒有任何武裝，彈藥已經在撤退的時候用盡了。

「晚餐後，我要將船上的大砲推下海，騰出載貨空間來裝載補給品。」莫里納爾在晚餐上這麼說：「柯內里斯，你也這麼做吧。」

「不，」柯內里斯拒絕：「爪哇人不知道我們的彈藥已經用盡，留著加農炮，起碼可以威嚇他們。」

「你就是不願意接受別人的意見，是嗎？」莫里納爾無奈地舉起酒杯，一飲而盡。已經沒什麼好說的了。柯內里斯舉起酒杯：「今天是聖尼古拉之夜，別說那些讓人心煩的事了。讓我們敬今晚，敬這趟航程。」

1　荷蘭的聖尼古拉節（Sinterklaas）是每年的十二月六日，紀念西班牙的聖尼古拉大主教的逝世，而前一天晚上（十二月五日）被稱為聖尼古拉之夜（Sinterklaas Eve）。相傳在聖尼古拉之夜，這位受人敬愛的大主教會帶著他的好友兼助手黑彼得（Black Peter），乘著小船從西班牙來到荷蘭，發送禮物和糖果給孩子們。聖尼古拉節的傳統被認為是美國的聖誕節傳說的原型，但是對荷蘭人以及荷語地區來說，聖尼古拉與聖塔克勞斯（Santa Claus，聖誕老人）是不同的，現今他們也會慶祝聖誕節。

議會成員們紛紛高舉酒杯：「不醉不歸！」

當晚，柯內里斯醉醺醺地離開了莫里斯號；夜裡，隱隱約約，他聽到一次又一次巨大的水聲，那是大砲落水的聲音。

第二天早上，柯內里斯被莫里斯號上的傭兵用一桶海水潑醒，然後被押解到莫里斯號上。船舷邊，議會成員們儘管渾身酒氣、狼狽不堪，但是人人怨毒地看著他。柯內里斯被傭兵往船舷一推，差點掉到海裡，然後他看到海面上漂浮的東西。

一具屍體。莫里納爾的屍體。

柯內里斯的腦中一片空白，他目瞪口呆地緩緩轉頭，面對他的同僚；議會成員憤怒的眼神，讓他慢慢回過神來：

「不……不是我幹的！」

老將薛靈格如今是剩下議會成員中的領袖，他惡狠狠地盯著柯內里斯：「畢斯曼，說說你昨晚看到的。」

曾經在馬達加斯加島上，成了柯內里斯鬥爭范畢寧仁的雙面間諜畢斯曼，淚眼汪汪、一臉痛心地站了出來，一手指著柯內里斯：「昨晚宴會之後，我看到柯內里斯跟莫里納爾艦長在船舷附近爭執，艦長苦心力勸柯內里斯跟他一起返航，但是柯內里斯反而譏笑艦長沒有膽子完成冒險——他們兩個人在甲板上互相推擠。」

「艦長看上去臉色蒼白，身體非常不舒服；我試圖上去阻止柯內里斯，但是柯內里斯把我推開要我別管閒事。我心想艦長曾經加入過共和國海軍，身體健壯，應該能保護自己。於是我就獨自離開了。」

「現在想想，一定就是你幹的！你對艦長下毒了！然後把虛弱的艦長推落下海！」畢斯曼指著柯內里斯：「就因為艦長不願意拿我們剩下的人命跟你去摩鹿加群島賭一把！」

「你到底在說什麼？」柯內里斯張著嘴，想要出聲辯駁，但是他那曾經可以激勵眾人的聲音突然消失無蹤，力氣彷彿都被抽乾，只能用盡全身力氣，虛弱地吐出一句：「……胡說八道。」

薛靈格大手一揮，傭兵們衝上來壓制了柯內里斯，將他按倒在地五花大綁：「有什麼話，等回到阿姆斯特丹，自己去跟董事們說去！」

「現在，莫里斯號、白鴿號，還有荷蘭迪亞號，聽我號令——」薛靈格大聲地頒佈他的命令：「起錨，全艦向西，我們要回家了！」

荷蘭迪亞號船艙

柯內里斯被關在荷蘭迪亞號的船艙裡單獨監禁。畢斯曼則以荷蘭迪亞商務官的身份單獨盤問了他。

「你含血噴人，法庭會還我清白！」柯內里斯惡狠狠地盯著畢斯曼。

「議長，我只是將你對我做的一切、加倍奉還給你而已。」畢斯曼稚嫩的臉頰上，如今多了一層冷酷與陰狠：「當你拿下我的表哥、屠殺荷蘭迪亞號的弟兄，卻為了政治妥協把我留在議會裡面，就鑄下了大錯。」

曾經寫下「我將啟航、尋找未知的土地」這句雄心壯志的貴族青年，臉上那股天真爛漫已經磨滅殆盡，大海在他的臉上只留下默然：

「這是你教我的：在這片陰險的大海上，不要相信任何人。」

第八章

商人的器量

17世紀的阿姆斯特丹水壩廣場（Gezicht op de Dam），由Johannes Lingelbach於1656年所畫。人們在此進行各種交易；畫面的右下角，幾名奇裝異服的商人，來自美洲。

雷尼爾．鮑爾坐在馬車的車廂裡，他的目的地是阿姆斯特丹水壩廣場上的范歐斯之家。這是一個市集日的午後，路上滿滿都是人；他的座車不得不停下來多次。

「范歐斯閣下請您立刻前往他的宅邸。」本來他正在巡視自家的雜貨商行，一名隨從匆匆地找上他，在他耳邊低語：「遠征船隊回來了。」

一股幾乎已經要被忘卻的興奮感從鮑爾的胸口湧現。在他跳上馬車之前，他抬起頭看向港口方向的天際：

「兩年了。竟然已經兩年了。」

一五九七年八月十四日，就在臨近阿姆斯特丹的特塞爾（Texel）岸邊，一隊不知名的船隊緩緩靠近。三艘商船隨波漂流，卻遲遲不下錨靠岸，這讓岸邊水手議論紛紛。岸巡隊登船之後，才發現船上猶如人間煉獄：飢餓無力的水手攤倒在船舷邊，甲板上全是屎尿穢物——船隊上的水手們已經沒有力氣下錨，能靠近特塞爾已經屬於奇蹟。

這就是遠征公司的第一艦隊。

自從一五九五年四月二日出航以來，已經過了兩年四個月。一五九七年八月十四日，遠征的第一艦隊終於回到了他們的母港：阿姆斯特丹。莫里斯號、荷蘭迪亞號、白鴿號搭載著殘存的水手們回到故里，兩年多以前，二百四十八名水手與商人們，懷著大志出航，前往尋找未知的土地、傳說中的香料群島；如今，只剩下九十餘人，死傷超過六成。

艦隊的領袖們，以及被羈押的囚犯：柯內里斯．德郝特曼，坐著馬車緩緩前往水壩廣場；此行的貿易成果——香料，也被裝載在貨車上，一起被運送往水壩廣場進行清點。阿姆斯特丹的市民們逐漸聚集到廣場上，想要看看這一隊第一次遠征東方的荷蘭水手。

然而，艦隊的領袖們沒有任何歷劫歸來、或是英雄回歸之類的喜悅，反而憂心忡忡，彷彿有什麼災禍正在等待他們一般——

等待他們的，是這趟東印度遠征的投資人們：遠征公司的董事會。

范歐斯之家

每一位董事的手邊都放了一本帳冊，紀錄著此行的貿易收支。鮑爾只是低頭看了一眼損益表最後一行的數字，就把帳冊闔上，專心聆聽著代理艦隊司令薛靈格的報告。

卡爾面無表情地坐在長桌的中心——他是董事會中資歷最深的貿易商，被推舉為公司的董事長。薛靈格在報告的時候，他臉色鐵青地不斷翻著手中的帳冊。

薛靈格描述著這一路上所遭遇到的各種苦難、萬丹海戰；現在，他正敘述到在峇里的時候，艦隊意見分歧、柯內里斯執意要繼續東行貿易、以及他涉嫌殺害同僚莫里納爾的事情。

「夠了，」卡爾打斷了薛靈格的發言：「薛靈格，我對你很失望。」

老將薛靈格漲紅了臉。整個會議一片死寂，眾人低首。

「兩年，你們一去兩年。」卡爾把帳冊往地上一摔：「結果呢？連損益兩平都做不到！虧你還是荷蘭商人！」

遠征公司的帳本被摔得散落一地，最後一頁的損益表上，是赤字——這趟遠洋貿易的結果，是虧損的；儘管虧損不多，但是虧損就是虧損。考量到沉了一艘船、死了那麼多人，耗時兩年四個月，這樣虧損的結果，真是最難堪的下場。

「卡爾！你不在那裡，你不了解我們當時的困境！」薛靈格咆哮著反駁：「我們可能都會死在爪哇海！」

「出航之前，你難道不知道這是一趟危險的旅程嗎？」卡爾冷酷地反唇相識。

卡爾就是一位典型的荷蘭商人：成敗論英雄，不管過程。他出身於布魯日（Brugge），在西班牙人的統治下，布魯日的新教徒過得相當艱苦；他帶著家財來到北方的阿姆斯特丹，憑著過人的才幹和膽識成為了當地大有影響力的成功商人。兩年前，他與阿姆斯特丹最富有的八位商人成立了遠征公司，滿懷希望地送出了四艘船，前往遠東，預期的可不是這樣的成果。

董事會的長桌上，鮑爾的右手邊，一位年輕的貴婦出聲了。

「薛靈格先生，我過世的丈夫常常說起你，說你是個沙場老將。」年輕的、不知名的婦人說話了：「這趟航程之中，沒有軍事將領的參與，因為我們只是一間私人公司；但是先夫深信你的加入可以確保這趟航行的成功。」

薛靈格疑惑地看著這個年輕婦人：他不認識這個年輕女子，坐在這裡的，應該是另一名大商人胡德才是。

「她是胡德的遺孀希爾楚（Geertrui van Markel），」卡爾冷冷地解釋了薛靈格的疑惑：「當你們在大海上迷航的這兩年，胡德過世了，死於去年的阿姆斯特丹大火。」

薛靈格心中一懍：胡德是董事會中最支持他的董事；如今看來卡爾已經把這次的航行

定調為失敗，打算棒打出頭鳥來出氣，少了胡德的支持，看來這次凶多吉少。

「我相信在大海上世事難測，但是，薛靈格先生，我還是相當失望。」胡德的遺孀輕聲地說著，但是卻令這位老水手感覺雙肩有如千斤萬鼎一般沉重。

沒人敢說話，就連沙場老將薛靈格也不敢在盛怒的卡爾面前吭氣。焦躁的卡爾雙手掩面，彷彿在沉思，然後像是想到什麼似的，抬起頭來盯著艦隊成員——兇狠的目光像是在尋找獵物一般。

「柯內里斯．德郝特曼，」卡爾傳喚這名被控叛亂的囚犯，似乎要把怒火發洩到他身上：「對於薛靈格的指控，你有什麼話說？是不是你的叛亂造成這次的失敗？」

所有人都把目光投射到這名憔悴、但依然挺拔站立的商人身上。

「我有罪。」柯內里斯沉默了半晌，張嘴的第一句話竟然是認罪。在場所有的荷蘭人全都驚訝不已——荷蘭文化並不輕易示弱、認錯，沒想到這位脾氣倔強的狂徒柯內里斯竟然開口認罪？

鮑爾的眉頭一皺，心想：「柯內里斯，你在搞什麼鬼？這麼一來，當初力排眾議讓你當上首席商務官的我，立場就變得很尷尬了。」

「我的罪不是叛亂、我的罪是沒有從『繼續航行還是折返』的爭執中勝出；我的罪不是謀殺、我的罪是沒能讓更多人活著回來看到勝利的果實；」柯內里斯緩緩地、以退為進地說明了自己的意志：「我的罪是沒有堅持己見到最後，我的罪是沒能讓商團堅持貿易到底。」

「至於我的罪有沒有導致航行失敗？」

他緩緩將手深入口袋，抓起一把事物，然後伸出了握緊的右拳，慢慢翻開手指，露出手掌上黑色顆粒，胡椒的芬芳立刻充滿整間會議室！

「真有你的。」——鮑爾看了一眼胡椒，心中雖然激動，但是他強迫自己把視線從胡椒移開，迅速地觀察董事們的神情：

剛剛還疾聲厲色斥責薛靈格的卡爾，表情瞬間變得柔和；其他董事們的眼睛再也離不開這些珍貴的黑色果實；在場的荷蘭人都被胡椒的味道給征服了，彷彿這幾粒黑色果實就像是黃金一樣。

喜怒不形於色的鮑爾，嘴角忍不住抽動了一下：「柯內里斯，你真是個該死的萬世巨星。」

「如果我有更多的船員、更多的船、更多的武器以及資金，這就會是一趟成功的商業冒險。」柯內里斯站得更直了，他的聲音變得更加宏亮，遠征公司的人們彷彿看到眼前就是萬丹：「我們到底是成功了？還是失敗了？」

「隨便你們決定吧，」柯內里斯就像是個正要謝幕的男演員，走到董事面前，將那一把胡椒粒放在桌上，退後一步，微微鞠躬：「只有歷史能夠評論我的成敗。」

他轉身，頭也不回地往大門走去。

「站住！柯內里斯！你要去哪？」卡爾回過神來、大聲叫住他。

「卡爾，」柯內里斯轉頭微笑：「我很累了，我要回家。」

商人的器量

柯內里斯獨自一人走出了范歐斯之家，在外頭等待的菲德烈立刻上前攙扶他。圍觀的群眾們讓出了一條路給虛弱的柯內里斯，但是交頭接耳、議論之聲此起彼落，大家都想知道此行是否成功。

「柯內里斯！」一個聲音嘹亮地喊道。

柯內里斯回頭、群眾也往聲音的方向望去：那是剛剛在董事會上沉默不語的董事鮑爾。他正笑著走來，跟在身後的隨從抱著一個小木桶。

鮑爾和柯內里斯簡短地擁抱了一下。鮑爾示意隨從把小木桶遞給柯內里斯：「雖然不多，但是這是你的份。」

柯內里斯有點詫異地接下了木桶：那是滿滿的胡椒。

「對不起，雷尼爾，終究還是讓你虧了錢。」柯內里斯輕聲地說。

「做生意嘛，總是有賺有賠，」鮑爾依然微笑：「下次就賺錢了。」

「下次？」柯內里斯精神一振：「我以為公司的財務……」

「別誤會，這次的虧損還是相當嚴重。」鮑爾解釋：「也難怪卡爾還有希爾楚會那麼沮喪；不過，承擔風險的從來就不只是水手還有你，出資的董事們本來就該明白這趟冒險風險有多高。」

「生意人應該要有承擔失敗的肩膀，還有從失敗中再站起來的勇氣。」鮑爾收起了笑容：「我把我應該分到的那份胡椒讓給了其他的董事們，現在他們不用再因為公司倒閉而發愁了。」

柯內里斯大吃一驚：「你把你的份給了出去？」

「他們都是阿姆斯特丹最具影響力的商人，如果讓他們虧損、導致再也不敢投資遠洋貿易，那對我來說才是得不償失。」鮑爾笑了笑，彷彿這筆巨大的投資只不過是掉到阿姆斯特丹運河裡的幾枚銅錢一樣：「下次，我們再來組織另一家更大、更強的公司吧。」

「雷尼爾！」柯內里斯激動地握住鮑爾的雙手，從不落淚的男子，如今雙眼激動的泛起了淚光。

「柯內里斯，恐怕你得晚點才能好好休息了，」鮑爾拍拍柯內里斯的肩膀：「幫我一個忙：帶著你的戰利品到廣場上去告訴大家這趟旅行的故事，這樣我下次募資的時候可以省點力氣。」

水壩廣場

柯內里斯・德郝特曼一腳踏在那桶裝滿胡椒的木桶上，手中握著一把胡椒，佇立在廣場的中央，阿姆斯特丹市民們聚集在他身邊。他是個偉大的說書人，群眾們鴉雀無聲地聆聽他描述這趟兇險的旅行。人潮越來越多，大家都想聽聽這個荷蘭史上第一次抵達萬丹的荷蘭人的故事。

鮑爾滿意地看著這一切，柯內里斯是他最好的宣傳。越多人熱衷於東方貿易，募集資金就越容易；花了兩年以及鉅額投資，鮑爾想要建立的是長遠的事業。

人群之中，鮑爾的眼睛搜索到了他的目標：幾名軍裝士兵護衛著一名披著大衣、帶著兜帽的高大男子站在廣場角落，低調、專注地聆聽著柯內里斯的演說。

總算來了。鮑爾露出了勝利的笑容，在隨從的開道下，往那名男子的方向靠近。

水壩廣場角落

「殿下。」鮑爾在男子跟前鞠躬行禮，神秘男子立刻出手制止，他不想被認出來。士兵們稍微讓開了一點空間，讓鮑爾與神秘男子並肩談話。

「如何？這一趟有賺到錢嗎？」神秘男子漫不經心地問了一聲。

「賺的都掉到海裡了，賠慘啦。」鮑爾陪笑：「不過，比起我一個小商人的成敗，我想此行有更重大的成就還有意義。」

鮑爾緊緊地盯著神秘男子的表情，他想知道這名大人的想法。

「是啊，鮑爾，你真了不起。」男子抬起頭看向遠方，露出他的面容，威嚴的臉頰上有著戰爭的傷痕：「你聞聞看，我好像可以聞到胡椒的味道呢。」

「這滋味是多麼美好。」鮑爾點頭：「很快。我向您保證，很快我們就不必再被葡萄牙人控制亞洲香料的貿易。」

「西班牙還有葡萄牙掌握了遠東貿易，控制了歐洲與亞洲的貿易命脈，對低地的戰爭資金源源不絕。」男子輕拍鮑爾的肩膀：

「我們收復了布雷達（Breda）、接著是史騰維克（Steenwijk）、海爾特雷登堡（Geertruidenberg），一戰又一戰，雖然能戰勝，但是總是無法擺脫西班牙人的包圍。聯合省的財力耗損得相當嚴重，但是西班牙帝國的本錢卻依然雄厚。」

鮑爾沉默地聽著，他覺得快要聽到他想要聽的部分了。

「戰爭已經持續了三十年，而且還會繼續；接下來，就是在比誰先撐不下去了。我們要發動總體戰：不只是在陸上用騎兵與帝國決戰，也要在海上打敗他們——鮑爾，你讓我看到了荷蘭人在海上戰勝帝國的機會。」

「我只是個軍人，一輩子都在馬上度過。低地七省在耶穌基督簡樸善良的教誨下，獨立建國；在這片荒蕪的北海鹽地上，我們什麼都沒有，靠的就是我們冒險犯難的商業精神。」男子盯著鮑爾：

「商人才是這個國家的主體，也是我們能夠抵抗哈布斯堡王朝三十年的強力後援。」

「殿下，在我看來，軍人和商人都是一樣的。」鮑爾恭敬地回答：「遇到敵人，必須毫不留情地迎頭痛擊；不只要抓住敵人的弱點猛攻，想要讓對方心生畏懼，就必須要在對方自認的強項上，狠狠地打擊對方！」

鮑爾的發言深得神秘男子的心，他示意鮑爾繼續說下去。

「西班牙以及葡萄牙人以為，他們在海上是無敵的，因為他們掌握了兩大優勢：」鮑爾分析著：「航海知識，以及巨大的船艦技術。」

「關於航海知識，」鮑爾指著廣場中心的柯內里斯：「如今，我們也已經追上了葡萄牙人，成功抵達了遠東。」

「現在，缺少的就是能夠在大海中進行遠程航行的巨大船隻了——」鮑爾解釋著：「更多的武裝、更深的貨艙、不沉的船隻。」

「葡萄牙人是不會教我們這些的，也不會賣船隻給我們。」男子回應。

「當然不會，我們只有靠我們自己。殿下，關於這一點，我斗膽要求你的援助。」

「有什麼事情是阿姆斯特丹的孔雀家族辦不到的？」男子開了鮑爾一個小玩笑，隨即正色：「說吧，鮑爾。」

「錢的部分我來張羅，請殿下讓我使用聯合省海軍的造船工廠，以及裡面的造船工人、設計師——我要開發出可以與葡萄牙在印度洋、爪哇海上較量的船艦！」

「你有信心做到嗎？這可要花上不少時間，趕得上你下一次的出海嗎？」神秘男子問道：「柯內里斯這次的演說，我看會讓許多商人們興奮地馬上籌組艦隊前往遠東呢，他們可等不到你的大船造好。」

「短視近利的人總是有的，就讓他們一窩蜂地去爭吧。」鮑爾不屑地說：「我想的確會有很多新公司成立，想要分一杯羹；但是，如我所說的，沒有大船技術，任誰都無法真正的稱霸遠東；就算有了大船，只有一艘、兩艘，是不夠的，我們需要上百艘遠洋巨艦，組成無敵的海上帝國。」

海上帝國？神秘男子重新打量著眼前這位紅頂商人，此刻他第一次覺得這個紈綺子弟不是個普通角色。

「鮑爾，我不在乎海上打敗葡萄牙的是你孔雀家族還是別人，」神秘男子表達他的立場：「但是，要做到如你所說，擁有百艘巨艦的公司──在荷蘭是不存在的，連孔雀家族都沒有這樣的財力。」

「是的，目前沒有這樣的公司存在。」鮑爾慢慢地說出他的遠景：「荷蘭人只有團結起來，才有未來：我們需要一家跟國家一樣強大的公司、由國家成立的公司！」

神秘男子震驚地看著鮑爾：他從來沒有想過這件事情，這一番話讓他熱血沸騰。

「由國家成立的公司……真是了不起的想法。」男子低頭沉思：「你要我出面來主導這件事嗎？」

「殿下，這件事情要審慎，因為牽涉到太多人的利益。」鮑爾分享他的政治智慧給這位戰場上的無敵將軍：「不先讓這些商人們嚐嚐苦頭，他們不會瞭解團結的必要性。」

「你說得很對。」男子一點就通。

「先讓我來研發出適合遠洋航行的船隻吧。」鮑爾作出結論：「接下來，就只能靜待時機了。」

「鮑爾，你就去做吧。海軍那邊，我會要他們全力配合你的。」

「謝謝殿下！」鮑爾恭敬、感激地鞠躬；他的主要目的總算達成了。

「別行禮，我今天想要低調一點。」男子拉住了鮑爾：「幫我一個忙好嗎？不要再用我的名字幫船隻命名了，我只是個戰士，不是什麼偉人。」

「關於這一點，我要和您說抱歉了。」鮑爾笑道：「無論是商人還是水手，看到旗艦升起橘、白、藍的親王旗、以及刻在船舷上您的名字，都會感覺到您與他們同在，繼而覺得精神百倍、像您一樣戰無不勝。」

「這是一個敵人看到就會聞風喪膽的名字：莫里斯（Maurits）。」不能行禮的鮑爾，改為用力握住男子的右手：「不敗的戰神、荷蘭的守護者：拿騷的莫里斯王子（Prince Maurits van Nassau），祝您武運昌隆。」

第九章

好生意

萬丹碼頭上，雅各・范聶克（Jacob Cornelius van Neck）尷尬地發現，等待他的不像是柯內里斯・德郝特曼所描述的「熱烈歡迎」——而是一下船，就受到萬丹的爪哇士兵們重重包圍。

「我早就警告過你，不要對萬丹有太美好的想像。」上一次遠征之中嶄露頭角的白鴿號船長威廉・楊頌緊跟在范聶克身旁，低聲耳語：「上次來的時候，我們差點把萬丹碼頭給燒了。」

「你是說過他們可能不會太友善，但是可沒說到火燒碼頭的事情。」范聶克調整了自己的呼吸，一邊露出自己的招牌微笑，一邊側身向楊頌小聲地說：「……晚一點請你好好對我說一下『真正的』第一次遠征——不要給我那套說給投資人聽的版本。」

士兵之中走出了一名穆斯林祭司，用葡萄牙語大聲宣布：「蘇丹下令，低地人立刻進宮，說明來意；在徹底查明低地人的目的之前，低地人不准自由活動。」

「所有人卸下武裝。」范聶克轉頭下令，一邊將自己腰間的火槍取下，交給了穆斯林祭司。

「司令，萬萬不可！」楊頌在一邊緊張地低聲喝止：「太危險了！」

「不要擔心，」范聶克保持著他友善的笑容，把武器交給了祭司，還輕輕拍了拍對方的肩膀：「就算雙方曾經有什麼不愉快，聖經要我們『愛你的敵人』。」

「我在萬丹沒有敵人。」

荷蘭第二次遠征

自從一五九五年四月二日出航以來，已經過了兩年四個月。一五九七年八月十四日，遠征的第一艦隊終於回到了他們的母港，阿姆斯特丹。莫里斯號、荷蘭迪亞號、白鴿號搭載著殘存的水手們回到故里，兩年多以前，二百四十八名水手與商人們，懷著大志出航，前往尋找未知的土地、傳說中的香料群島；如今，只剩下九十餘人，死傷超過六成。

他們成功地繞過了葡萄牙人、抵達了萬丹，但是帶回來的香料卻遠低於預期。以財務的角度來看，荷蘭人的第一次遠征是失敗的，僅僅勉強打成損益兩平；但是，這次的遠征，證明了東方航路是可行的；此外，荷蘭人知道了胡椒在香料群島的價格，比印度生產的還要便宜，是葡萄牙人賣給歐洲人的十分之一。也就是說，一條滿載而歸的胡椒商船，可以為公司帶來三倍甚至以上的投資報酬。

非常危險，但是非常有利可圖。

柯內里斯開啟了荷蘭人的大航海時代，儘管第一艦隊的首航並沒有在財務上獲得成功，但是證實了東方航路的可行性；而那些倖存歸國的水手們，在酒館裡面為他們東印度之行加油添醋，更讓荷蘭人對東印度群島垂涎。

在第一次遠征中，那位與柯內里斯不和、被軟禁在荷蘭迪亞號上的商務官范畢寧仁，在回到荷蘭之後，憑著富裕的家產自立門戶，開設了一家名為「新公司（Nieuw Compagnie）」的貿易公司；在隔年（一五九八年），新公司與鮑爾的遠征公司合併，規模擴增為當初遠征公司的兩倍，新的名字為「老牌公司（Oude Compagnie）」，打算繼續進行遠東貿易。

同時，數家以遠東貿易為目標的新公司相繼出現了，向東方送出新一輪的船艦，其中以老牌公司最具規模。他們記取了上一次柯內里斯在海圖、制度、以及資源不足上的教訓，重新組織了一個新的艦隊，前往萬丹，史稱「荷蘭第二次遠征」。

這一次，他們準備了八艘巨艦，而且指派了艦隊司令，作為整個艦隊的最高負責人——如今荷蘭人知道，船員之間的爭執比大海更可怕。

上次的遠征，讓艦隊領袖們與股東之間產生了嫌隙；前次東航的主角德郝特曼兄弟，並沒有加入由老牌公司主導的第二次遠征（范畢寧仁可是對這對兄弟恨之入骨）。這次的艦隊司令，是年紀輕輕的雅各·范聶克。

雅各·范聶克出生於荷蘭共和國北方的恩克森（Enkhuizen）。和先行者德郝特曼兄弟一樣，范聶克曾經在阿姆斯特丹的航海學院學習航海知識，是尼德蘭共和國航海之父羅伯特·勒卡努的弟子。

出身於富貴之家的范聶克，從小在貿易家族中學習經商，對航海卻是一竅不通；然而，在勒卡努的教導下，范聶克成為了一名幹練的水手。勒卡努除了是當代的航海大師之外，更是一名博學多聞的天文學家與神學家。范聶克從大師身上學到的不止是航海，更學會了如何成為一個領袖。

柯內里斯與范聶克，同樣受教於勒卡努，卻有著截然不同的行事風格。柯內里斯暴躁易怒、為達目的可以不擇手段；范聶克卻是與人為善，深受部下的推崇與信任。

范聶克在一五九八年五月，代表阿姆斯特丹老牌公司東航，名曰第二艦隊。他被任命為將軍，成為第二艦隊的最高統帥。此次航行，他還有兩名可靠的副手：副指揮官范華威（Wybrand van Warwyck，史書上多翻譯為韋麻郎），以及同為勒卡努弟子的北極圈冒險家范黑姆斯克（Jacob van Heemskerk）。

第二艦隊按照阿姆斯特丹天文學家暨製圖名家普藍修斯的最新海圖（修正自第一艦隊的航路），一路南下，暢行無阻，才三個月就抵達了非洲南端的好望角。

大海是不會讓人順遂的。就在他們通過好望角之後，一場強烈的暴風雨將艦隊吹散了。風雨過後，范聶克在大海上重整艦隊，原本八艘船艦只剩下三艘——副指揮官范華威與其他五艘船隻不見蹤影。

范聶克在印度洋上不斷尋找失散的夥伴，卻沒有任何的發現，只好獨自繼續公司賦予自己的任務。一五九八年十一月二十五日，范聶克率領剩下的三艘船艦順利抵達了萬丹。

萬丹宮廷

范聶克一行人在宮廷上面見蘇丹。

「低地人，大約兩年前，你們的同胞來到萬丹，自稱想要公平地與我們貿易；」透過祭司的翻譯，蘇丹展開了他的審問：「當我們懷疑低地人想要偷渡胡椒樹的時候，低地人不願意好好地為自己辯護，反而以火炮攻擊我的港口。」

「你們到底幹了什麼好事？」范聶克聽得冷汗直流，一個白眼看向一旁的楊頌。

「現在你們又來了，低地人，」蘇丹站了起來，面露兇光：「這回你們又想做什麼？」

荷蘭商團緊張地看著他們的司令——這位司令是個和善的好人，但是年輕、缺乏談判經驗，如今卻肩負了全員的生命安全。

真誠，保持真誠。范聶克深吸了一口氣，抬起頭，換上一副哀戚的面容：

「尊敬的蘇丹，我為兩年前的衝突向您致上無比的歉意。」他深深彎腰鞠躬：「請相信，這不是我們荷蘭商人一貫的作風。」

范聶克直接道歉了，這和北海商人不主動示弱的風格大相逕庭。他的腦中飛快設想著各種情況，並且擬定了此次的外交策略：

「上次專斷獨行、引發血腥衝突的柯內里斯．德郝特曼，已經被撤職查辦。」

「我可沒說謊。」范聶克這樣對自己說，「柯內里斯的確是被公司免職了，畢竟他跟新股東不合。」

「你有什麼證據？」蘇丹顯得有點狐疑。

「我代替他成為艦隊司令，就是證據。」范聶克說話的語氣堅定沉穩，一邊從懷中掏出一塊黃澄澄的懷錶：「此外，荷蘭省執政莫里斯王子特意要我將這塊他貼身的懷錶致贈給您，表達他對於過去雙方衝突的遺憾。」

「司令，」楊頌小聲地提醒：「那是你的母親送你的懷錶，上面甚至刻了你的名字。」

「……這裡沒人看得懂尼德蘭文。」范聶克悄聲回應。

蘇丹端詳著手中這塊、范聶克獻上的懷錶，覺得十分新奇。范聶克出身豪紳世家，從小錦衣玉食，吃的用的都是上好的貨色；這塊懷錶是母親送給他的成年禮物，自然也是精雕細琢、十分貴重；不僅裝飾華麗，還是紐倫堡鐘錶匠製造的發條驅動錶，屬於當代尖端科技產品，與貴族所用的毫不遜色。

范聶克觀察著蘇丹的表情以及宮廷情勢：蘇丹身邊的隨從、祭司、侍衛，人人都被這件精巧的小禮物給吸引了目光；蘇丹臉上原本憤怒的神情也柔和不少。

再加把勁，打鐵趁熱。范聶克繼續說：「我們已經深刻體認到，上一次柯內里斯為雙方帶來的傷害有多大；我這次遠行，被交代的任務就是：」

「完全遵守萬丹的法令，謙卑地服從蘇丹的指示，」范聶克表情真摯懇切：「希望獲得萬丹人民的諒解，讓我們如同平凡的商人一樣，在市集中進行公平的貿易。」

蘇丹並沒有回話，只是盯著手中的懷錶，目光無法離開那神秘又精巧的機械齒輪。宮廷上安靜地鴉雀無聲，范聶克彷彿都能聽到懷錶轉動的聲音。

「好吧，就再相信你們一次。但是，這次貿易香料的價格，是上次的兩倍——作為上次荷蘭人對我們無禮的補償！」良久，蘇丹才出聲：「此外，記得，我們會觀察每一個低地商人，確保你們要按照規定行事。」

「沒問題。」范聶克在腦中飛快計算了損益：「兩倍？真是獅子大開口；不過，現在胡椒在歐洲的市場上，八倍以內都有獲利。」——他再度深深地一鞠躬，身後的商團連忙一起行禮：「謝謝蘇丹陛下。」

第二艦隊的水手與商人們，原本對這位年輕的司令官有一點輕蔑，現在全都對他佩服得不得了。

睽違萬丹兩年，荷蘭人重新回到這裡展開貿易；不像上一次的初體驗，這次低地商人們準備充足，出發之前就湊足了貨款，並且準備了許多萬丹人喜歡的商品，在當地的市集交換了更多的香料。

在仔細聽了楊頌關於上次貿易的不愉快經驗後，范聶克在貿易的第一天，就要手下把所有的貿易資金兌換成萬丹銅幣，以免蘇丹突然變卦，又用什麼「貨幣政策」來限制交易。

沒多久，范聶克手下的三艘商船已經全部裝滿了香料，但是范聶克卻開心不起來。

「司令，」楊頌身為上一次遠征的老經驗船長，在抵達萬丹後，每天的任務就是陪在范聶克身邊提供意見：「我們的貿易很順利，比上次還要順利——您為什麼還悶悶不樂呢？」

「威廉，我們出發的時候有八艘船，現在只剩下三艘。」范聶克嘆了一口氣：「你說我怎麼能開心得起來？」

「別沮喪了，司令，雖然損失了五艘船，但是以我們目前的貿易成果來看，我們已經幫公司小賺了一半的資本額。」楊頌安慰著范聶克：「這已經比上次成功多了，不會有人苛責你的。」

「你以為我難過的是獲利不夠？」范聶克輕輕地搖了搖頭：「我難過的是損失了五艘船的兄弟。」

「司令……。」楊頌那張被大海磨練過的冷酷面容，不禁軟化了：「范聶克真的是一個真心關懷水手的司令官。」

萬丹市集的午後，兩名荷蘭人在人群間漫無目的地穿梭著，不再交談。熱帶的烈日照在他們蒼白的皮膚上，身邊的商販們不斷吆喝叫賣，空氣中盡是香料的氣味——但是對范聶克和楊頌來說，此刻，他們的心思並不在這裡，而是懸在大海上。

「司令！司令！」急促的荷蘭語呼喊，在一片陌生的語言中特別清晰；一名水手在市集的另一頭高聲大喊，向著范聶克和楊頌揮手：

「他們到了！他們到了！」

范聶克一臉疑惑，楊頌扯開喉嚨吼了回去：「誰到了？」

「五艘船！」水手有點語無倫次：「范華威的五艘船！」

爪哇島上的新年

就在一五九八年的年末，西方的海平面上出現了范聶克等待已久的奇蹟：副指揮官范華威克服了萬難，率領著五艘商船抵達了萬丹。兩隊荷蘭商人對於能在萬丹見到彼此驚喜激動不已，第二艦隊在離阿姆斯特丹萬里之外的萬丹歡慶了新年。

會合之後，荷蘭商人裝滿了第四艘商船，萬丹市集裡的香料又被一掃而空。指揮官范聶克決定自己先率領這四艘船返航，而范華威以及范黑姆斯克繼續往東探索：他們的目標，是上次柯內里斯想前往卻失敗的香料群島——摩鹿加群島。

「珍重。」范聶克和副手范華威用力地擁抱：「阿姆斯特丹見。」

在兩名副指揮官的領航下，往東航行的第二艦隊順利抵達摩鹿加群島。在這裡，艦隊再度一分為二：范華威帶領著「烏特勒支號（the Utrecht）」和「阿姆斯特丹號」前往蘇拉威西島（Sulawesi）以及東方的安汶（Ambon）；范黑姆斯克則與「澤蘭號（the Zeeland）」

和「海德蘭號（the Gelderland）」一起探索了班達群島（Banda Islands）。他們奉行著范聶克的貿易方針，雙雙順利和平地與當地人進行香料貿易，將剩下的四艘船也裝滿了香料、返航。

一五九九年，兩梯次的商船陸續返航抵達阿姆斯特丹，滿載的香料代表了巨大的成功，阿姆斯特丹的市民像是發瘋似地遊街慶賀；指揮官范聶克除了領到巨額的報酬之外，還獲贈了一個特別的禮物：一個小金杯，讓他可以永遠在阿姆斯特丹的酒館裡面免費暢飲——相當荷蘭式的慶祝方式。

上次遠征公司的投資僅僅勉強損益兩平，這次老牌公司的遠征，卻帶來了四倍以上的驚人獲利；此外，與上次不同的還有船員存活率，柯內里斯的第一艦隊死亡超過一百六十人，而這次只有十五人死亡——無論從哪個角度來看，這次的遠征都太成功了！

這真是一門好生意。如果說有哪個荷蘭商人在德郝特曼兄弟返航時、對遠東貿易還心存疑惑，在范聶克之後，這些疑慮都煙消雲散。

兩次遠征背後的公司大股東雷尼爾·鮑爾，在第二次遠征中獲得巨大的利潤，成為了阿姆斯特丹呼風喚雨的大商人。如今，他的聲望直逼自己的父親，成為孔雀家族中最有權勢的人。

受到連續兩次成功抵達萬丹的鼓舞，共和國裡面接二連三興起了多家遠洋貿易公司。此後，在一六〇二年以前，光是阿姆斯特丹的商人們就又派出了五次遠征艦隊，大約六十艘商船；而其他低地省也派出了超過三十艘船次前往東印度。

航海英雄們駕著快船，紛紛前往遠東，開啟一個混亂的海上戰國時代。

第十章

蘇丹的雙面刃

波紋雙刃劍，一種源自印尼文化的武器，同時流行於馬來半島、菲律賓、泰國，原文是Kris。是一種小型的、類似匕首的武器。印尼文化中，男人隨身佩帶著Kris，但是在皇宮中不得配戴任何武器。柯內里斯被亞齊蘇丹賜予Kris，同時還被賦予可以攜劍入宮的權利。

「這是通往宮廷的路嗎？」菲德烈．德郝特曼乘坐在由亞洲巨獸——大象所駝著的座轎上，在星光燦爛的夜晚，穿越過一座熱帶叢林；他與哥哥柯內里斯一起受邀前往亞齊大君的夜宴。如此如夢似幻的場景，讓他忍不住開口詢問一旁、操著一口流利葡萄牙語的亞齊（Aceh）宮廷使者。

「是的，」宮廷使者這樣回答，語氣平淡但是充滿驕傲：「這條路通往萬王之王的聖座（Ia, begitoe adda tjerre raija Sini, lage raija iang doeloeu adda poen begitoeu[1]）。」

費樂公司的遠征隊

這是柯內里斯．德郝特曼第二次的東航。在完成名留青史的第一次遠征後，柯內里斯

1 本段對話出自一六〇三年菲德烈回國後出版的歷險自述，本文取材自Ingrid Saroda Mitrasing 所著的《THE AGE OF ACEH AND THE EVOLUTION OF KINGSHIP》，當中引述一六〇三年的文獻如下：
「Itoe adda tjerre（'cara'）negrij Sini?Ia, begitoe adda tjerre raija Sini, lage raija iang doeloeu adda poen begitoeu." Frederick de Houtman, Spraeck ende woord-boeck in de Maleysche en Magaskarsche Talen met vele Arabische ende Turcse woorden（Amsterdam, 1603）.」
英文翻譯為「Is this the way of the country?」，「Yes！It is the way of the king and of all kings before him.」

便離開了遠征公司(因為與股東之間的嫌隙)。他成為了阿姆斯特丹炙手可熱的名人,多家公司邀請他參與下一次的遠征。一五九八年,就在范聶克代表老牌公司展開第二次遠征後沒多久,德郝特曼兄弟就率領船隊、代表南方的密德爾堡(Middleburg)再次出航。

這次雇用他們兄弟倆的,是澤蘭省大富豪巴爾薩札・德莫切倫(Balthazar de Moucheron)——來自勃艮地的貴族世家。他在第一艦隊返航之後,獨資成立費樂公司(Veerse Companign),準備進行遠洋貿易。這次德郝特曼兄弟的目標不是萬丹——畢竟當初為了貿易,與蘇丹帕揚決裂了;而是麻六甲海峽另一側的蘇丹國亞齊。

蘇丹國亞齊座落於蘇門答臘島的北端,地處印度洋與爪哇海的交界處,是麻六甲海峽的門戶。因為地處海洋要衝,無論東方西方的貿易船隻想要貿易,都要在亞齊蘇丹的眼皮下進行。亞齊,可說是比萬丹還要重要的香料集散地。

這次柯內里斯與弟弟菲德烈,被賦予艦隊司令的權限:費樂公司派出了兩艘大型武裝商船,德郝特曼兄弟分別被任命為船長:柯內里斯掌管雄獅號(Leeuw),菲德烈負責雌獅號(Leeuwinne)——儘管只有兩艘船,柯內里斯這一次可是載滿了大砲與傭兵。

有了上次與爪哇人一言不合開打的經驗,柯內里斯認為亞洲貿易必然伴隨著血腥衝突；而他要確保，無論陷入什麼樣的衝突，他都是那個贏家。

柯內里斯不知道的是：此時此刻，麻六甲的政治情勢詭譎多變，只要一點小小的火星，多邊戰事就會爆發。一五九九年六月十五日，從北海出發的兩艘武裝商船，載著滿船的火藥，在最糟糕的時間點抵達了麻六甲海峽的門戶——蘇丹國亞齊的首都班達亞齊（Banda Aceh）。

班達亞齊

柯內里斯率領的費樂艦隊，在班達亞齊港外暫時下錨，派出小艇登陸、請求登岸；然而，班達亞齊的航務官員卻以「不開放來路不明的船隻登陸」為由，遲遲不允許柯內里斯的兩艘武裝商船進港。

不得已，費樂艦隊只得在班達亞齊四周探尋其他能夠登陸的口岸——兩個月下來，徒勞無功。最後，在菲德烈的建議下，柯內里斯率領艦隊回到班達亞齊，帶著一整箱的葡萄牙銀幣「拜訪」了港口航務官，宣稱還有「更貴重」的禮物要進獻給蘇丹——於是，幾個小時後，穆斯林宮廷的使者前來邀請「異鄉人」上岸。

「異鄉人，偉大的亞齊大君——蘇丹阿勞丁（Sultan Alauddin Ri'ayat Syah Sayyid al-Mukammal），邀請你們的首領至皇宮夜宴。」一名操著流利葡萄牙語、衣著華麗的穆斯林宮廷使者，登上了旗艦雄獅號，大聲宣布著蘇丹的旨意。

「感謝蘇丹的邀請，我和副司令這就赴約。此外，」柯內里斯微微躬身，向使者致意：「能否讓我的艦隊靠岸停泊？」

「在睿智的大君弄清楚你們是誰、來意為何之前，」這名使者姿態很高，儘管他現在正站在荷蘭人的船舷上：「異鄉人，不得進港。」

「好像不是很友善。」菲德烈望著柯內里斯微微皺眉，兩兄弟交換了一個眼神。

「是啊，但是我們沒有不去的理由。」柯內里斯也回以了一個無奈的眼神。

「知道了。」柯內里斯這樣回話：「請閣下帶路吧。」

「面見大君，不得攜帶任何武器。」穆斯林使者依然維持著他趾高氣昂的態度，很快地掃視了柯內里斯和菲德烈一眼；他的眼神停在柯內里斯的腰際：「把槍留下。」

「空手赴會嗎？」柯內里斯轉過身，將腰際的手槍解下交給船員保管；藉著這個機會，他環顧了一眼雄獅號——滿滿的傭兵、槍枝、大砲，只要自己一聲令下，足以讓亞洲任何一個城市陷入一片火海。

「一天之內沒有我的消息，」他用荷蘭語低聲對接過槍枝的船員交代：「就對港口展開砲擊，打到蘇丹放人為止——活要見人，死要見屍。」

「如果司令您真的遭遇不測怎麼辦？」荷蘭船員直來直往，務實地詢問。

「那你們就把公司給我的獎金分了吧。」柯內里斯豪邁地說：「將蘇丹打到跪地求饒，奉上黃金和胡椒；把我的屍體帶回去，讓我的故事在低地傳頌下去——這樣我就感激不盡了。」

德郝特曼兄弟一同乘坐著一頭大象，在宮廷使搭乘者的巨象後方尾隨。這一趟路相當遙遠：他們從中午左右自港口登陸，往內陸出發，至今已經太陽西下，隨行的護衛們紛紛點燃了火炬，在密林中照明。

「有看到什麼重要的東西嗎？」柯內里斯兩眼直盯著前方的穆斯林使者，不敢鬆懈，以荷蘭語低聲向身後的弟弟詢問。

「從港口出發的時候，我看到了來自印度、波斯的商船，」這一路上，菲德烈暗自掏出了羊皮紙和碳筆，試圖紀錄沿途的軌跡，以及重要的地理、戰略資訊：「還有四艘掛著葡萄牙旗幟的亞洲商船。」

「是武裝船嗎？」柯內里斯不動聲色地詢問。

「看起來不是。整個港口的外國艦隊似乎都沒有配置武裝。」菲德烈觀察入微：「反而是亞齊的船隻各個掛上了大砲，似乎全部都是戰船。」

「嗯，看來是在備戰狀態。」柯內里斯沉思了一會兒，問道：「你覺得亞齊的軍力如何？」

「善不善戰，不可知。但是以軍艦的數量來看，驚人地龐大。」菲德烈這樣回答：「亞齊的軍備與繁榮程度，跟萬丹簡直不能比。」

「咚！」突然一聲沉重的鼓聲打斷了兩兄弟的對話：一座座落在樹林中、金碧輝煌的宮殿忧然出現在他們眼前——兩兄弟看得目瞪口呆。

「下來吧，異鄉人。」宮廷使者轉頭，露出驕傲的笑容：「萬王之王正在等著你們。」

新年夜宴[2]

來自各個蘇門答臘島上的蘇丹王公貴族、印度的使節、異國的賓客，紛紛在一名年老、但是雙眼中充滿精力的老蘇丹面前躬身行禮——他正是亞齊大君：蘇丹阿勞丁。他出身落魄貴族，曾經只是海邊的一名捕魚人，卻在宮廷鬥爭中刺殺了前任蘇丹，一攬大權，成為了麻六甲海峽最有權勢的人。

柯內里斯和菲德烈在蘇丹面前，恭敬地彎腰屈膝。

「異鄉人，」年老的蘇丹開口，聲音沉穩而宏亮，竟然是流利的葡萄牙語：「你們來自何方？」

「大君，我們是來自尼德蘭低地的貿易商。」柯內里斯回答。

2 伊斯蘭曆法與公曆大不相同，正式名稱為哈吉來曆（阿拉伯語：التقويم الهجري at-taqwīm al-hijrī），意指公元六二二年先知穆罕默德從受迫害的麥加遷徙到麥地那的哈吉來。伊斯蘭曆法是一種純粹的陰曆，以公元六二二年七月十六日為元年一月一日，完全以「月」為標準：每當新月出現，就是該月的第一天。平均每年只有三百五十四天八小時四十八分，每隔2.7年跟公曆差一個月，每隔32.6年會相差一年。本文中，蘇丹邀請荷蘭人參加新年夜宴，參考自Ingrid Saroda Mitrasing 所著的《THE AGE OF ACEH AND THE EVOLUTION OF KINGSHIP》。根據推算，大約是公元一五九九年七月二十四日，也就是柯內里斯抵達亞齊後的一個半月左右。

「低地？」蘇丹皺了皺眉：「沒聽過。」

「那是在法蘭西北方的一片領土。」柯內里斯進一步解釋著。

「法蘭西嗎？」蘇丹用手指敲了敲額頭，在老邁的腦海中搜尋著；他的僕人立刻地上了一幅歐洲地圖，並且向蘇丹指出了法蘭西的位置。

「啊，法蘭西，在偉大的西班牙的北邊。」蘇丹因為找到了法蘭西的位置感到高興：「西班牙，偉大的歐洲皇帝哈布斯堡王朝的領土。」

柯內里斯對於老蘇丹竟然會知道哈布斯堡王族，感到詫異。

「整個歐洲都是哈布斯堡王族的，了不起的皇帝。」蘇丹透過讚嘆哈布斯堡，藉此炫耀著自己對於萬里之外的陌生大陸也有著深厚的了解；他坐上的賓客無不露出驚嘆的表情，表示對蘇丹的博學相當佩服。

「貿易商，你是代表歐洲的皇帝前來貿易的嗎？」蘇丹享受著眾人欽佩的眼光，繼續對柯內里斯提問。

「您的博學讓我驚訝不已，我的大君。」柯內里斯查覺到了蘇丹對自己博學的炫耀之情：「但是，大君，我來自的尼德蘭低地，是一個獨立於帝國的共和國。」

「哦？獨立的共和國？」蘇丹挑眉：「你是說，歐洲的皇帝竟然容許有人在他的眼皮下自立為王？」

「皇帝當然不允許了，」柯內里斯回答：「但是我們低地人，在威廉親王以及莫里斯王子的帶領下，武裝起義，把皇帝的軍隊趕出了低地。」

「這人在說笑話呢。」蘇丹呵呵地笑著：「自稱自己能夠打敗皇帝而獨立。我聽說，只有了不起的英格蘭女王曾經在大海上打敗皇帝的無敵艦隊。」

宮廷的貴客們爆出訕笑。

「再一次為您的博學感到讚嘆，我的大君。」柯內里斯壓抑了自己的不滿情緒：「伊莉莎白的海盜們因為皇帝不熟悉北海的天氣而獲勝；低地人則是在低窪的泥濘中，鑿開堤防，用洪水打敗了西班牙。」

蘇丹露出了願聞其詳的表情，柯內里斯抓緊機會、加油添醋地描述著當年親王如何水淹萊登、莫里斯王子如何率領鐵騎戰無不勝——他想要在蘇丹面前贏得敬重。

柯內里斯說得口沫橫飛，而那個為他引路的宮廷使者湊上蘇丹的跟前，遞上了一紙文書；柯內里斯注意到蘇丹皺了皺眉頭，然後打了一個大呵欠——非常失禮地制止了柯內里斯繼續說下去：「夠了夠了，你們這些低地人很了不起。」

被無禮地打斷，柯內里斯感到火冒三丈，但也只能默默閉嘴，低下頭去。

「你們這些『了不起』的低地人，遠渡重洋，到了我的國度，所為何事？」——「了不起」似乎是蘇丹僅有的、稱讚人的葡萄牙詞彙；蘇丹慵懶地從侍從手中取來一粒葡萄放入口中，極盡無禮地對待著眼前這對紅髮兄弟。

「我的大君，我們帶來友誼，」柯內里斯回答：「帶來白銀，想要跟大君做公平的胡椒貿易。」

「貿易？想跟我買胡椒的人多了呢！」蘇丹又吞了顆葡萄，暫停了兩秒，意興闌珊地問：「想買多少？」

「大君，我們想購買二十五『芭哈』(Bahar，爪哇的重量單位，一芭哈約等於現今的一百八十公斤)的胡椒。」柯內里斯回答。

「走了那麼遠，只買二十五芭哈？」蘇丹又笑了：「看來低地的貿易商，口袋不深啊。」

「我的大君，低地是個富裕的國家，我們帶來不只二十五芭哈胡椒的白銀，」柯內里斯不想被看輕了：「但是很可惜我們的貨艙有限。」

「二十五芭哈的胡椒實在不是個數，」蘇丹搖搖頭：「在我看來，起碼買個一千芭哈，再來找我談貿易合約吧！」

柯內里斯和弟弟交換一個眼神：「一千芭哈？亞齊竟然有那麼多的胡椒可以貿易？」

「一千芭哈的胡椒我們當然很有興趣，但是這次我們船上的空間實在有限……」菲德烈提議：「我們何不簽訂一紙一千芭哈胡椒的合約？我保證回到低地後，馬上就帶更多的船隻前來亞齊。」

「不用那麼麻煩，」蘇丹的語氣突然變得冷漠犀利：「把你們那兩艘大型武裝船上的五十八門大砲、一百二十名全副武裝的傭兵卸下來，空間不就夠了嗎？」

「這麼多的武裝，還敢自稱是貿易商？」蘇丹一拍桌子：「我看你們是海盜吧！」

柯內里斯嚇得冷汗直流，焦急地想要解釋：「大君，您誤會了，這趟漫長的海路上，有許多海盜還有葡萄牙軍艦……。」

「胡說八道！你們這些貪婪的歐洲人，又想來侵略我們嗎？」蘇丹的賓客之中傳來一聲女性的暴吼打斷了柯內里斯的發言——貴族行列中，一名身穿紅袍、臉上卻不圍著面紗的穆斯林女性憤怒地走上前來，指著兩兄弟罵道：「你們這些白色惡魔！」

「不是這樣的，大君，聽我解釋！」柯內里斯慌張地辯解，但是眼前突然白光一閃——這名紅袍穆斯林女人抽出了宮廷侍衛的佩刀，一刀向柯內里斯砍來！

「馬萊哈雅蒂！」宮廷眾人一片驚呼！

柯內里斯還來不及從錯愕中反應過來，突然一個人從旁將他撲倒、躲過了這一刀——是一直保持高度警戒的菲德烈！

紅袍穆斯林女人一刀不中，第二刀緊接著砍來，架式熟練，刀勢兇猛，完全不輸任何一個男性戰士！

「住手！馬萊哈雅蒂！」蘇丹一聲大喝，被喚作馬萊哈雅蒂（Malahayati）的女戰士手中的刀硬生生地停了下來——就在距離柯內里斯脖子一寸的地方。

柯內里斯嚇得臉色慘白，想要說話，卻說不出話來；一旁的菲德烈見狀，連忙代替哥哥喊冤：「大君！這樣不分青紅皂白，在宮廷之上對外國賓客武力相待，這難道是亞齊的待客之道嗎？」

「你們沒有資格……」馬萊哈雅蒂手中的刀還架在柯內里斯的脖子上。她正要回嘴，卻被大君制止了。

「我的女元帥或許魯莽——」蘇丹的聲音威嚴而宏亮：「但是她有義務對任何亞齊潛在的敵人提出質疑。現在，低地人，回答我的問題……」

「你們是葡萄牙的朋友還是敵人？」蘇丹又補充了一句：「你的回答，決定馬萊哈雅蒂手中這一刀的位置。」

儘管柯內里斯的手腳癱軟，但是在這生死交關的時刻，他的腦袋動得飛快：

「從一進入宮廷開始，蘇丹就不斷吹捧『歐洲的皇帝』哈布斯堡王族、稱頌西班牙的偉大，看來蘇丹對西班牙似乎是很尊敬的；但是對話中，蘇丹又透露出他對英格蘭打敗西班牙無敵艦隊的事蹟相當了解，還稱伊莉莎白『了不起』——蘇丹對西班牙、葡萄牙的態度似乎曖昧不清。班達亞齊港口停泊了四艘葡萄牙商船，沒有武裝，代表亞齊跟葡萄牙已經簽訂了貿易合約；我如果說我是葡萄牙的敵人，看來是死路一條。」

柯內里斯張開嘴、正要回答「我們是葡萄牙的朋友」，他卻看到了馬萊哈雅蒂眼中的仇恨。

他的腦海中飛快閃過剛剛一分鐘裡面發生的所有細節：「憤怒的女元帥說我們是『貪婪的歐洲人』、『白色惡魔』、『又要來侵略我們』，一副就是跟歐洲人有國仇家恨的樣子。」

蘇丹老謀深算，但是這個憤怒的女元帥可就不一樣了。

他吞了一口口水。

「西班牙和葡萄牙說，天下的海洋都是他們的，想要獨攬亞洲與美洲的貿易。」他一個字一個字慢慢地回答：「低地不接受這件事情：我們是葡萄牙的敵人。」

一陣嘩然，宮廷賓客彼此交頭接耳低聲議論。

「哈！真有趣！」蘇丹竟然笑出聲來，緊繃的宮廷充斥著一種古怪滑稽的氣氛：「這些低地人竟然不知道葡萄牙是亞齊的朋友、跟亞齊有和平貿易的合約呢！」

賓客們趕忙附合蘇丹發出笑聲，但是眼中透露出對柯內里斯悽慘下場的憐憫。

「賭錯了嗎？」柯內里斯慘然地緩緩抬頭，看向他的死神、女元帥馬萊哈雅蒂——卻發現女元帥的表情比剛才冷靜很多；儘管刀鋒沒有從他的脖子上移開，卻也沒有更進一步。

「罷手吧，馬萊哈雅蒂，妳看看妳把這些愚蠢的低地人嚇得直打哆嗦。」蘇丹繼續用一種似笑非笑的聲音說話：「他們遠道重洋而來，竟然不知道亞齊和葡萄牙的關係，真愚蠢哪，差點把命給送了。」

一名侍衛上前遞上刀鞘，馬萊哈雅蒂收刀入翹，一言不發地走回自己的座位。

「但是寬宏大量的蘇丹，不計較這些。」蘇丹揮了揮手，侍衛們上前，將柯內里斯攙扶起來：「我才不管你們歐洲人的家務事呢。坐吧，低地人！」

「什麼情況？我死裡逃生了嗎？」柯內里斯腦中一片混亂，但是他還是向大君行了跪拜大禮：「感謝大君的不殺之恩。」

「罷了罷了，看來你對亞洲的了解，還不如我對歐洲的認識呢。」蘇丹讓兩兄弟入座，「竟然不知道從六年前開始，我就允許駐紮在柔佛（Johor，今日的馬來西亞柔佛州，在一五九九年的柔佛包含了現今的新加坡）的葡萄牙人前來採購胡椒了。」

「我的確是不知道……」柯內里斯在心中嘀咕：「上次到萬丹的時候，我還聽說麻六甲海峽的兩大勢力——葡萄牙控制的柔佛和穆斯林控制的亞齊水火不容呢。」

「看來這次遠航是失敗了。」柯內里斯的表情相當沮喪，一臉苦楚。

「低地人，不要這麼沮喪。」蘇丹換上了一副親切的表情：「今天是穆斯林新年夜宴，在阿拉的保佑下，好事會發生的。」

「來吧，我的賓客們，誤會已經解開，現在讓我們好好慶祝新年吧！」蘇丹雙手高舉：「讚美真主！」

班達亞齊港口

通宵達旦的夜宴後，宮廷使者領著德郝特曼兩兄弟回到了港口。一路上，兩兄弟一言不發，極其疲憊。

在經歷過生死關頭後，兩兄弟完全無法享受蘇丹那華奢的宴請，行屍走肉地度過了一個不眠的夜晚。

走出了密林，傳來陣陣海風，柯內里斯往海面上看去，雄獅號和雌獅號依然下錨在外海；船上燈火通明，想必是在焦急等待兩人的音訊。

宮廷使者陪著兩人到了岸邊，上了接駁小船。就在兩兄弟喪氣地準備離岸、回到商船上時，宮廷使者卻喚來隨從捧上了一個裝飾精美的盒子，說是蘇丹賜給他們的禮物。

「大君賜給我們禮物？」菲德烈懷疑地問道：「我以為我們是不受歡迎的外國人？」

使者打開了盒子，清晨的陽光照射在盒中事物上，一片金黃耀眼。

那是一把用純金打造的波紋雙刃劍。

「低地人，請接受蘇丹的餽贈還有御令：」宮廷使者將波紋劍交給柯內里斯——柯內里斯腦子一片混亂。

「萬王之王亞齊大君願意跟來自低地的貿易商簽訂貿易同盟協定。」宮廷使者朗聲念出蘇丹的旨意：「蘇丹願意用兩千芭哈的胡椒填滿低地人的商船，讓你們滿載而歸。」

「兩千芭哈的胡椒？」兩兄弟目瞪口呆，不敢相信自己聽到的話。

「其中一千芭哈的胡椒，由低地人在市場上採購；另外一千芭哈，則是蘇丹私人的禮物。」宮廷使者繼續宣讀著：「作為對蘇丹慷慨的回報，低地人必須將兩艘武裝船以及船上的傭兵投入即將發生的戰爭，加入亞齊的陣線，成為蘇丹的先鋒部隊。」

「只要打贏了這一戰，低地人就能得到兩千芭哈的胡椒。」

「慢著，」菲德烈打斷了使者：「什麼戰爭？」

「對柔佛的戰爭。」使者面無表情，他只是宣讀蘇丹意志的機器：「萬王之王即將派出千百條戰船，越過麻六甲海峽，一舉消滅我們的宿敵——」

「柔佛，」使者的語氣中充滿了憎恨：「還有控制柔佛的葡萄牙人。」

「亞齊不是跟葡萄牙簽訂了貿易合約嗎？」菲德烈追問：「蘇丹自己說的：他在六年前開放了與柔佛葡萄牙人的通商。」

「那是萬王之王的緩兵之計。我們得到葡萄牙人的白銀，壯大自己的艦隊，最終的目的，」使者輕蔑地笑了一聲：「就是將這群葡萄牙寄生蟲還有我們的百年仇敵柔佛一舉消滅！」

柯內里斯沉吟了半晌：「如果我們說『不』呢？」

「那麼你會發現，無論你出多高的價碼，一粒胡椒都買不到：蘇門答臘、爪哇、甚至是馬來半島與印度，任何敢跟低地人貿易的國家，都會承受亞齊的怒火。」使者撂下最後一句狠話，轉身離開：「你們好自為之。」

宮廷使者乘著大象離開了港口。柯內里斯望著使者的背影，再看看手中黃澄澄的波紋雙刃劍，陷入沉思。

「柯內里斯，蘇丹到底在搞什麼鬼？」菲德烈忍不住問了一句。

「我不知道，他太難以捉摸了，就像這把雙刃劍一樣，不知道要向誰砍去。」柯內里斯和弟弟一起登上小船，往雄獅號駛去。

「我唯一清楚的，就是我們被亞齊大君玩弄於股掌之中，」雄獅號的船影越來越巨大，柯內里斯作出了結論：「而且逃不出他的手掌心。」

第十一章

寡婦堡

寡婦堡（Benteng Inong Balee）的遺跡，由馬萊哈雅蒂於1599年建造。寡婦堡內駐紮著寡婦軍團（Inong Balee）——由戰場上失去丈夫與兒子的亞齊寡婦們組成，馬萊哈雅蒂將她們訓練成一支令歐洲人聞風喪膽的軍隊。

班達亞齊港口的岸邊，一個叫做寡婦堡（Benteng Inong Balee）的要塞城樓上，菲德烈．德郝特曼手上拿著令旗在空中揮舞；外海的兩艘荷蘭武裝商船揚起了帆，頭尾相連，依序排列。

「元帥，我們已經準備好了，校閱隨時可以展開。」菲德烈向一旁的女元帥恭敬地秉告。女元帥，馬萊哈雅蒂——亞齊大君最信賴的將領，竟然是一個女人，這讓菲德烈不敢置信，嘖嘖稱奇。但是，有過了在宮廷上驚險的經歷之後，他已經不敢對眼前這位驕傲、憤怒的女戰士心存輕視。

荷蘭人同意了蘇丹阿勞丁的條件：兩艘武裝商船將加入亞齊海軍，成為攻打柔佛的先鋒部隊；事成之後，蘇丹將支付兩千芭哈的胡椒作為報酬。為此，蘇丹讓女元帥馬萊哈雅蒂代替他前來校閱荷蘭盟友的武裝實力。

艦隊被要求取道外海，到港口另一側的寡婦堡進行火力示範。這麼做的原因是因為港口內還有來自柔佛的葡萄牙商人正在交易，蘇丹不想要打草驚蛇。

在那個新年夜宴之後，荷蘭船隊被要求降下親王旗、不准進港，所有的補給都透過接駁船隻提供——這一切都是為了避免引起葡萄牙人的關注。

荷蘭船隊已經離去——這是新年夜宴後，蘇丹發送出來的假消息。

菲德烈隻身一人來到寡婦堡，透過手上的令旗，與在雄獅號上的哥哥柯內里斯通訊、進行操演。

女元帥身著戰甲，腰上配了一把軍刀，身後站了一排全副武裝的穆斯林士兵。她的表情冷酷嚴肅，尤其對菲德烈的眼神充滿了嫌惡。馬萊哈雅蒂揹著雙手，對荷蘭人點頭示意可以開始了。

菲德烈揮舞著手中的旗幟，對遠方的雄獅號、雌獅號打出旗號。

兩艘武裝商船起錨，海風讓兩艘大型武裝船快速地在海面上推進；乘著海風，艦隊在遼闊的海面上進行了一次快速迴旋，然後熟練的荷蘭水手表演了一次「快速收帆」：

雄獅號和雌獅號在極短的時間內，從高速航行之中完全靜止——菲德烈從女元帥冷酷的表情中讀到一股詫異。

他高舉旗幟用力揮舞；停在外海的艦隊，船舷朝著夕陽，對著無人的大海一齊開砲！

二十九門大砲齊發，砲響震天，在寡婦堡的外海激起巨大的煙霧以及水花。砲火的暴風中，武裝商船快速揚帆，乘著激烈的強風從砲陣煙霧中脫離，迅速調頭，用另一側的船舷面向外海，再度推出船舷艦砲。

另一側的二十九門艦砲一齊發射，激起了另一次的震天砲響以及白色煙霧，就連遠在寡婦堡的岸上，也聞得到硝煙的味道。

馬萊哈雅蒂不動聲色，但是她的武裝侍衛們面露驚恐。菲德烈心中得意不已：「如何？這就是我們低地商人的火力，看妳還敢不敢輕視我們。」

艦隊那邊駛來一艘小船，那是艦隊司令柯內里斯。菲德烈和女元帥在護衛之下離開城樓，來到岸邊迎接。

「元帥，不知道我們的演示如何？您是否滿意？」柯內里斯臉上有一股驕傲。

「低地人，你們的武裝很不錯，」女元帥不情願地回答：「水手也訓練有素。」

「謝謝您的稱讚，相信我們一定能為即將到來的戰爭提供幫助的。」柯內里斯低頭致意：「現在，能否讓我的艦隊靠岸補給？自從來到亞齊之後，我的水手們都還沒有登岸過。」

「很遺憾地，不行。」馬萊哈雅蒂堅定地搖頭：「我們不願意打草驚蛇，讓葡萄牙人發現你們的存在；尤其在看完你們的火力展示後，任何有警覺心的將領，都不可能放任這麼多武裝精良的外國士兵自由活動。」

「怎麼這樣？」一旁的菲德烈大聲抱怨：「亞齊到底把我們當成盟友還是敵人？」

「就算是盟友，也要小心戒備提防。」馬萊哈雅蒂回答：「葡萄牙人來班達亞齊交易，也不被允許攜帶任何武裝。」

「那我們的補給怎麼辦？」柯內里斯焦急地質問：「為了剛剛這一輪展示，可是消耗了我們不少彈藥。」

「欠你們的不會少給。」女元帥大手一揮，寡婦堡中出來了一隊士兵以及侍女：士兵們抬著彈藥，侍女們扛著食物和水。

「我的手下會坐著小艇，將補給物資送上船，低地人不准登陸。」馬萊哈雅蒂這樣下令。

「那可不行，」柯內里斯也抬高了姿態：

「就算是盟友，也要小心戒備提防。」他拒絕了女元帥：「我不可能允許穆斯林士兵上我的船、甚至是靠近我的船。」

「你膽敢拒絕我？」馬萊哈雅蒂挑起了眉頭，語帶威脅：「沒有這些補給，你們的人就準備餓死在船上吧！」

雙方僵持不下，菲德烈出聲打圓場：「這樣吧：讓侍女乘著小船，把彈藥還有食物跟水運送到艦隊上──如何？柯內里斯？」

柯內里斯看了一眼那些矮小的亞洲女人：「皮膚曬得黝黑，雖然是女性，但是看起來滿強壯的──這些女人一點都沒有歐洲女人的優雅氣質，但是搬送彈藥大概不成問題。」

「好吧，總之我是不可能讓穆斯林士兵登船的。」柯內里斯妥協：「女人也不能上船──女人上船會有霉運。她們靠近艦隊之後，我會派水手來接應。」

「歐洲人真是膽小又迷信。」這番「禁止女人上船」的言論，似乎有些觸怒了馬萊哈雅蒂，但是她只是憤怒地瞪了柯內里斯一眼：「既然我們不信任彼此，也只好這樣了。」

「這樣慢慢補給，曠日廢時，我看大概要兩三天才能完成。」菲德烈估量著：「元帥，我們馬上開始吧？」

「好，」馬萊哈雅蒂看了菲德烈一眼：「這段時間，你就到寡婦堡做客吧！」

「元帥！這……」菲德烈正要抗議，卻看到柯內里斯制止的眼神。

「沒關係，這似乎是不信任的雙方能夠妥協的代價。」柯內里斯的眼神中傳達了這個訊息。

菲德烈似乎馬上理解柯內里斯的眼神：「馬萊哈雅蒂擔心我們會砲轟寡婦堡，她需要一個人質。」

「當我的眼睛好好盯著寡婦堡吧！」兩兄弟間眼神短暫的交會，經歷過這麼多大風大浪，他們已經無需言語就能交流。

寡婦堡

菲德烈在女元帥的帶領下，進入了這座名為「寡婦堡」的碉堡。他張大了眼睛，打算把所有的事物都記下來。

映入他眼簾的：這座碉堡幾乎沒有男人，女性支撐起了這裡的日常運作，甚至配著短刀、擔任起護衛的工作。

「她們都是在戰爭中失去丈夫的寡婦。」馬萊哈雅蒂面對菲德烈好奇的眼神，只丟下了這麼一句話。

他被領到一個簡單的客房，馬萊哈雅蒂不帶感情地說：「這兩三天就委屈你了，有什麼需求，就讓侍衛來通報我。」

「侍衛？這也算侍衛？」菲德烈看了看站在門口的矮小女性。

就這樣，菲德烈在寡婦堡這樣住了下來。他很快發現，馬萊哈雅蒂所說的「讓侍衛來通報我」根本不可能實現：

這些女侍衛根本不會說葡萄牙語，無論菲德烈跟她們說什麼，這些女侍衛都只會把他帶去廁所。

馬萊哈雅蒂把菲德烈留在一個語言不通的環境裡，讓他雖然身在寡婦堡，卻沒有任何機會探聽這裡的資訊——等於把他給軟禁了。

但是女元帥算錯了一件事情，菲德烈其實聽得懂一點馬來文。菲德烈曾經在萬丹宮廷跟穆斯林天文學家相處過一段時間，學過爪哇語——馬來語跟爪哇語，有許多共同的文法與詞彙。

看守菲德烈的工作是很無聊的，兩名女侍衛平時就只能彼此聊天來解悶，仗著這個白種人聽不懂馬來語，肆無忌憚地聊天。菲德烈驚訝地發現，他能聽得懂一些女侍衛的交談，但是他選擇繼續裝做什麼都聽不懂，希望能聽到更多關於寡婦堡的機密。

就在他被軟禁的第二天，他聽到了一些糟糕的消息。

「白人來了，正在跟首領密會。」一名女侍衛這麼說。

「首領最討厭白人了，怎麼會跟白人密會？」她的同伴這樣質疑。

「來的是那個阿方索，」第一名侍衛回答：「柔佛的那個，首領不好拒絕。」

這番交談讓房間內側耳傾聽的菲德烈嚇得直冒冷汗：柔佛的阿方索，他在萬丹的時候就聽過這號人物——阿方索．文生（Alfonso Vicente），控制麻六甲海峽的葡萄牙軍官。

當天晚上，他在上廁所的路上，發現碉堡內的女人變少了；看守他的女侍衛，態度變得更強硬蠻橫；他依然見不著馬萊哈雅蒂。於是他更仔細地注意侍衛之間的交談，他隱約感到大事不妙。

「這個男人真可憐。」女侍衛感嘆。

「他會死嗎？」她的同伴問：「我沒聽說要殺死他。」

「他的同伴全都要死，」第一個侍衛這樣說：「你覺得首領還會讓他活著嗎？」

「我得逃出寡婦堡去報信！」菲德烈如今認定自己非逃不可。就在當天的深夜，他聽到其中一名侍衛暫時離開，他抓緊時機，跟留下的侍衛表示肚子痛需要解手。

侍衛一臉厭煩地領著他前往廁所。碉堡的長廊在夜色中昏暗不已，警戒的人力比以往更少。菲德烈趁著侍衛一個不注意，轉身用手肘朝著她的腦門用力砸下，侍衛就這樣一聲不吭地被撂倒了。

他撿起侍衛的軍刀，憑著前日被領入碉堡的記憶，在暗夜的碉堡中摸索著路線，想要逃出碉堡。沒多久，他聽到身後傳來女性的吆喝聲——寡婦們發現自己逃跑了！

如今顧不得隱匿行蹤，菲德烈拔腿狂奔。眼看就要逃出碉堡，眼前卻出現了一群女侍衛。

「再多人也不過是一群女人，擋不住我的。」菲德烈這樣想著。

他揮舞著搶來的軍刀衝了上去，卻發現自己完全低估了這些女侍衛的戰鬥力：她們比男人還要驍勇善戰。

菲德烈手中的軍刀很快被擊落，他被壓制在地；接著一個人朝他的後腦重重一擊，他便昏死了過去。

在他陷入昏迷之前，腦中最後想到的畫面，是那天在岸邊、那些扛著彈藥的「婦女」乘著小艇往雄獅號駛去的畫面：

戰技純熟、對歐洲人心懷仇恨的寡婦軍團女戰士，帶著武裝彈藥補給品，乘船接近毫不知情、心存輕視的荷蘭水手。

現在菲德烈知道這完全是一個壞點子，她們才不是什麼婦女、侍女！而是馬萊哈雅蒂的黑寡婦！

寡婦堡大廳

菲德烈被一桶冷水潑醒。他狼狽地睜開眼睛，感受頭部的劇痛。儘管如此，他依然冷靜地環視四周，想要搞清楚自己身在何方。

寬廣的空間，似乎是寡婦堡的大廳。大廳燈火通明，滿是侍衛；再一定神，他發現女元帥就站在大廳中央，冷酷無情地看著他。

然後他注意到馬萊哈雅蒂腳邊有一具屍體，一具再熟悉不過的屍體。

「柯內里斯……？」菲德烈的聲音顫抖著，爬向那具屍體：「……是你嗎？柯內里斯？」

柯內里斯．德郝特曼的身體冰冷，雙眼怒睜，卻再也無法回應自己兄弟的呼喚。胸前和腹部，分別都有多個穿刺傷痕——根本分不出致命傷在哪邊，他滿身都是破洞。

一代冒險家就此殞落，這位出身豪達的釀酒人之子，死在離家萬里之外的海灘上。

菲德烈擁抱著哥哥冰冷的屍體放聲哭泣。他一邊哭泣，一邊憤怒地轉頭尋找殺人兇手——馬萊哈雅蒂渾身是血地站在他面前，地上插著她染血的軍刀。

「他很英勇。」女元帥這麼說。

菲德烈激動地撲向女元帥，恨不得啃她的骨、吃她的肉；馬萊哈雅蒂只是一腳把他踹倒，然後她的女侍衛一擁而上把他五花大綁。

「你聽信了葡萄牙人的鬼話！背叛了我們的盟約！」菲德烈憤怒地大罵。

「柔佛的阿方索只是來告訴我，兩年前，你們在萬丹幹了什麼好事。」馬萊哈雅蒂回應了菲德烈的指控：「我想的沒錯，你們就是歐洲海盜，竟然砲轟萬丹。」

「你不了解事情的始末！你以為葡萄牙人就是好人嗎？」菲德烈嚎叫著：「那些狗娘養的傢伙，就是見不得自己的利益被人瓜分罷了！」

「葡萄牙人當然不是好人，但是你們也不是。」馬萊哈雅蒂雙手盤在胸前：「所有的歐洲人都不是好東西——跟你們一起去攻打葡萄牙人，難保你們不會陣前倒戈；最保險的辦法，就是把武裝船奪過來，讓我的人駕駛。」

「不管阿方索有沒有來跟我打小報告，我都打算把你們的船搶過來。」女元帥看著被五花大綁的俘虜：「阿方索只是給我一個更好的理由罷了。」

「你這個卑鄙小人！」菲德烈發現原來自始自終，他們兩兄弟就被玩弄於股掌之上，又驚又怒，只能夠吐出這句咒罵。

「你的兄弟死了，但是你還有機會活命。」女元帥不帶感情地說：「我們俘虜了你們的旗艦，卻讓另一艘逃了。」

突然轟隆砲響，碉堡一陣天搖地動！女元帥和她的寡婦侍衛一陣踉蹌，差點跌倒在地。砲擊聲中，馬萊哈雅蒂抓著菲德烈大吼：「讓雌獅號停止砲擊、投降於我，我保證不殺你們！」

震耳欲聾的砲擊聲中，菲德烈用盡全部的力氣，向女元帥吼了回去：「下地獄去吧！」

「把他推到塔樓上！」女元帥對自己的部下吼道：「吊在城牆外！讓低地人看到他還活著！」

菲德烈吼叫著、咒罵著、掙扎著，但是還是只能任憑寡婦軍團把他抬上塔樓，用繩索綁著、扔下塔樓。海面上，雌獅號的周圍有不少穆斯林戰船的殘骸，看到塔樓上懸掛的是菲德烈，便暫時停止了砲擊。

「別管我！殺光他們！」菲德烈聲嘶力竭地大喊：「為柯內里斯復仇！」但他的哭喊，無法傳達到遙遠的海面上。雌獅號在暫停了一陣子的砲火後，選擇往外海駛去。

「別走啊！回來殺光他們啊！」他用盡了自己最後的力氣呼喊。

他的喉嚨嘶啞，雙眼通紅；眼淚、唾液、汗水遍佈他的臉龐。雌獅號的燈火消失在海平面的那一頭；黑夜之中，只剩下悲傷、疼痛、精力耗盡的菲德烈，被懸吊在半空中，全身因為激動而顫抖。

亞齊宮廷

「菲德烈啊，菲德烈。真是對不起你。」菲德烈受到蘇丹的召喚，被從地牢裡面帶到宮廷上；老蘇丹阿勞丁一看到菲德烈，連忙走下王座，親自上前解開菲德烈的手銬：「你一定要相信我，殺死你的兄弟並不是我的意思。」

兩眼無神、滿臉鬍渣的菲德烈，就像是一具行屍走肉。面對大君充滿歉意的舉動，顯得無動於衷。

「我的確曾經下令，要馬萊哈雅蒂『控制』低地人的艦隊，讓你們的武力為我所用，必要的時候甚至逮捕你們也在所不惜。」蘇丹輕輕拍著菲德烈的背，向他解釋著：「但是我沒有想到她會大開殺戒。」

聽著蘇丹這樣解釋著自己的陰謀，菲德烈慢慢回過神來；他盯著蘇丹那張老謀深算的臉，脫口而出：「……所以，我的大君，您是想向我解釋：你只有下令『逮捕』我們，沒有下令『殺掉』我們嗎？」

「這可是差很多的，不是嗎？」蘇丹清了清喉嚨。

「不管是逮捕還是處決，你都背棄了我們的盟約。」菲德烈再也不顧忌什麼宮廷禮儀、什麼外交辭令，他已經一無所有：「真是不可思議：你是一國之君，竟然言而無信，還敢自稱自己是『萬王之王』？」

「放肆！」亞齊大君有一點惱羞成怒，雙手一甩，回到自己的王座上：「我是看在你的君主莫里斯王子的面子上，不想因為這次的誤會造成兩國的嫌隙，才特地召你過來解釋。」

「雌獅號逃走了，我猜雄獅號大概也在戰鬥中被摧殘得不堪使用。」菲德烈分析著：「搞了半天，你一艘戰船都沒得到，反而宰了自己的盟友，還損失了自己幾條戰艦；柔佛完好無缺，葡萄牙人不過是來亞齊說幾句挑撥離間的話，就讓你自亂陣腳——大君，現在再想要修補你我雙方的關係，不覺得太遲了嗎？」

亞齊大君閉上雙眼，做了幾次深呼吸：他成為蘇丹以來，從來沒有人敢在他面前出言不遜：「低地人，我理解你死了兄弟，就不計較你的狂妄發言；你要知道，我也是損失了十幾艘戰艦、死了幾十名戰士啊！」

菲德烈本想繼續回嘴，但是他知道這只是逞口舌之快罷了。

那一夜的戰鬥之後，菲德烈被寡婦軍團從城牆上卸了下來，關入大牢。到今天被蘇丹召喚，已經是三天後的事情。這三天來，不只是蘇丹在評估軍事與外交上的損失以及擬定策略，菲德烈也從兄弟戰死的悲慟中平復過來，開始思考未來的發展。

「已經被俘虜多日，要殺也早就殺了；遲至今日不殺我，大概我這條命也算是保住了。」菲德烈這樣自我分析，「死是不會死，但是就這樣釋放我，也是不可能。」

他想聽聽蘇丹的條件，於是閉上了嘴。

「我想和你重修於好，讓你留在我的宮廷，用榮華富貴來彌補你喪失了一個兄弟。」蘇丹緩和了口氣：「可是宮廷之中容不得一個異教徒，葡萄牙人也不會放心我身邊有一個歐洲的競爭者。」

「唯一的方法，就是讓你改宗，放棄基督徒的身分，成為一位穆斯林。」老蘇丹面露微笑：「只要你願意改宗，我就能接納你；就算葡萄牙人抗議，我也能說你已經不是低地人了。」

「你將有好幾個美麗的亞齊新娘，擁有一座大宅，大宅裡面堆滿黃金，還有你最喜歡的胡椒。」亞齊大君越講越興奮：「如何？接受吧，菲德烈。」

「你的女元帥馬萊哈雅蒂怎麼辦？」菲德烈無動於衷：「我只想知道這一點。」

「她不聽我的命令擅自行動，已經被我連降三級，」蘇丹覺得有點掃興：「暫奪軍權，在家裡面閉門思過。」

「閉門思過？擅自決定攻擊盟友，她應該被處決才對！」菲德烈又激動了起來：「一命換一命！什麼榮華富貴我都不需要！我要馬萊哈雅蒂的命！」

「醒醒吧！低地人！那是不可能的！」蘇丹暴怒，一拍桌子：「她本來就是一名高貴的貴族，丈夫在跟葡萄牙人作戰中戰死之後，她毅然而然從軍，團結起戰爭寡婦成立寡婦軍團，專門跟歐洲人作對！」

「馬萊哈雅蒂是民族英雄，我怎麼可能因為一個外國人、異教徒，殺了我的女元帥？」老蘇丹揮了揮手，要菲德烈實際一點：「要嘛就接受我的條件；不然，就回到地牢去，關到天荒地老，直到低地派人來贖你回去！」

菲德烈緊閉著雙眼，平復了自己激動的情緒。然後，他彎身撿起了地上的手銬。

「唉。」亞齊大君嘆了口氣，揮了揮手：「拉他下去吧。」

菲德烈雖然被打入大牢，但是他的同胞並沒有忘記他：雌獅號逃回了荷蘭，向公司說明了一切。荷蘭人了解到，在遙遠的麻六甲海峽上，有一個堅不可摧的寡婦軍團，她們由女元帥馬萊哈雅蒂領導，心中了無牽掛，只有復仇的火焰。只要馬萊哈雅蒂活著的一天，就不可能以武力逼使亞齊就範。

兩年後，荷蘭人又派出了一隊商隊前來亞齊。這一次，荷蘭人一改上次的策略，只裝備了最低限的武裝，對亞齊大君獻上珍貴的禮物，極盡討好之能事。在他們獻上了莫里斯王子的書信之中，王子甚至在信末表明：「我願親吻您尊貴的雙手。您的僕人莫里斯，敬上。」[1]

亞齊大君本就想與荷蘭重修於好，莫里斯王子又對他做足了面子，於是大君很爽快地釋放了菲德烈作為雙方友好的象徵。

菲德烈被釋放了，而且他沒有白費這兩年。在地牢中，他向獄友學習馬來語。在他被釋放回到阿姆斯特丹後，出版了荷蘭第一本馬來語字典與文法書。儘管經歷了這麼多的苦難、又喪失了至親，他依然沒有放棄身為一個水手、冒險家的勇氣；日後，菲德烈擔任其他遠征隊的艦長，一次又一次地前往亞洲，甚至探索了澳大利亞的西海岸，命名了郝特曼島鏈（Houtman Abrolhos Islands，坐落在澳大利亞西岸，由一百二十二座小島組成）。

葡萄牙人以及荷蘭人，在往後的十幾年中，與亞齊的關係反反覆覆，時戰時和；可是無論他們送出多麼強大的艦隊，都沒辦法從驍勇善戰的馬萊哈雅蒂手中討到便宜。亞齊，這個麻六甲海峽的門戶，一直要到一六一五年馬萊哈雅蒂逝世，才逐漸淪為葡萄牙人、荷蘭人、乃至於英國人的玩物。

---

1 我願親吻您尊貴的雙手。您的僕人莫里斯，敬上。
「I kiss the hands of your Majesty. Your servant: Maurice de Nassau.」引自Ingrid Saroda Mitrasing 所著的《THE AGE OF ACEH AND THE EVOLUTION OF KINGSHIP》，摘錄一八七三年出版的《De oudste reizen van de Zeeuwen》。

第十二章

團結在親王旗之下

阿姆斯特丹

清晨時分的阿姆斯特丹，外頭飄著細雪，太陽還要幾個小時之後才會出現。這樣一個冷清的早晨，在共和國內權傾一時的大法議長奧登巴那維，卻在空無一人的水壩廣場上坐在馬車裡獨自等待。

這名誓絕法案的起草人、七省議會上的調停者，在車廂中閉目養神。一片漆黑之中，他彷彿看到一艘艘的巨艦揚帆在海上航行著，稱霸了香料群島；他定睛一看，卻發現這些船隻上頭飄揚的不是橙白藍的親王旗，而是白底紅十字。

那是英國伊莉莎白女王的船隊。奧登巴那維握緊了拳頭：「我絕對不能坐視不管。」

一陣急促的敲門聲，奧登巴那維打開了車門，一名華服青年鑽進了車廂，那是近年共和國內最受矚目的貿易商雷尼爾．鮑爾：「議長，我確認過了，他正在舊教堂（Oude Kerk）。」

「那我們出發吧，」奧登巴那維用手杖敲了敲車廂，提高音量對馬車駕駛說：「去舊教堂。」

「等一會兒還要麻煩議長先不要說話，配合我演一齣戲。」鮑爾這樣提醒著。

「沒問題，我要仰賴你了。」奧登巴那維輕輕嘆了一口氣，然後重新振作、武裝起自己的眼神：「讓我們把這件事情解決吧。」

龍爭虎鬥的一六〇〇年

遠洋貿易要承擔巨大的風險以及成本，並非小型貿易商能夠承擔的；慢慢地，這些公司或為併購、或為合併，慢慢形成了十幾家大型的貿易公司。隨著資本的匯集，每家公司的船隊變得更加龐大，彼此之間的摩擦也日益加劇。荷蘭商人前仆後繼地前往東方，不只在低地商人之間造成惡性的削價競爭，更影響到了同在東印度經商的英國人和葡萄牙人。

一六〇〇年十二月三十一日，作為荷蘭人在東印度地區的對手，英國女王伊麗莎白一世（Elizabeth I）授權一群英國商人，成立一家「不列顛東印度公司（British East India Company）」，得以在海上以英國女王的名義開火，捍衛英國在亞洲的利益。

荷蘭商人產生了強烈的危機意識：以往那些三三兩兩、不成氣候的島國商人，如今聯合起來，成為一家大公司，倘若假以時日，必定會對我們造成不小的威脅。

「團結力量大」這個道理人人都懂，但是要原本互相敵對的荷蘭遠洋貿易公司放下成見、團結起來，實在是難上加難：誰是合併的主體？誰來指揮艦隊？過往我們的利益糾葛又要怎麼算？

結果，聯合公司並沒有出現，取而代之的，是公司之間的競爭更加激烈，以消滅對方為目的，進行了一波又一波的整併以及惡意併購。在一六〇一年的時候，原本十多家公司，逐漸以城市劃分成六大商業勢力：阿姆斯特丹、密德爾堡、鹿特丹、台夫特、恩克森以及荷恩（Hoorn）。

誰也不服誰。

阿姆斯特丹舊教堂

鮑爾和奧登巴那維的馬車在舊教堂前面停了下來，幾名共和國士兵全副武裝地把守在教堂門前。鮑爾上前交涉，露出他的臉：「我是雷尼爾．鮑爾，我要求見王子。」

荷蘭省執政、莫里斯王子，正在這座古老的教堂裡，在阿姆斯特丹的市民們醒來之前，獨自一人，不被打擾地進行禱告——想要與王子單獨對談而且不被潛藏在阿姆斯特丹的商業間諜們發現，這是唯一的機會。

王子的侍衛隊在完成通報之後，示意讓鮑爾一個人進入教堂。

「我的這名手下有重要的事情要向王子稟報，」鮑爾指著身邊身批黑色罩袍、用兜帽遮去半張臉孔的奧登巴那維：「他要和我一起進去。」

侍衛面有難色；鮑爾塞了一個小錢袋給守衛，然後帶著他的「助手」步入教堂。沒人能夠阻擋孔雀家族（House of Pauw，荷文「孔雀」），更沒人能夠抵擋金錢。

天還沒有亮，昏暗的教堂裡面，只有講道台附近有著燭台的亮光。共和國元帥、荷蘭省執政官、奧倫治的莫里斯王子正跪在十字架前，聽到鮑爾推門進來，他依然背對著鮑爾，輕聲說：「鮑爾，你竟然可以打聽到我在這裡，看來我的侍衛們的嘴並不牢靠。」

王子離自己這麼遙遠，但是聲音卻清晰可辨，這就是舊教堂令人稱頌的頂級音響設計。儘管來了這麼多次，鮑爾依然被舊教堂的音響所震懾，他停下腳步：「殿下，請原諒我的打擾，但是國家危在旦夕了。」

莫里斯轉身，一臉嚴肅，要鮑爾說下去。

十字架前

「殿下，伊莉莎白女王成立東印度公司的事情，想必你已經聽說了。」鮑爾分析著當前的國際情勢：「在歐洲，英國是我們對抗哈布斯堡王朝的戰友；但是在遠東，我們是競爭對手。葡萄牙人和西班牙人都因為歐洲的常年戰爭，逐漸放鬆了他們對東方的統治，但是英國和我們，反而慢慢提高了我們對東方的依賴。」

「在未來，我們在歐洲的戰事只會花上更多的錢，這筆錢最可能的來源，就是我們在東印度的貿易收入。我們與英國人的衝突絕對會與日俱增。現在，一個聯合的英國貿易公司出現了，就在我們的腳邊，儘管它現在還很弱小，但是有朝一日，絕對會成為我們的威脅。」

「你所擔心的事情，我可以理解，我們需要的是一個團結的荷蘭。」莫里斯說道：「但是說來諷刺，最不團結的，不就是你們這些貿易商嗎？」

「您說的沒錯，」鮑爾乾脆地承認：「但這就是我來找您的原因。」

「說吧。」莫里斯正襟危坐，表情嚴肅，他知道這關係到國家的未來。

「如今國內的商會，分成六大勢力，其中以阿姆斯特丹和密德爾堡最為龐大。這都是幾年來鬥爭、整併的結果。這個過程雖然殘忍、痛苦，但是我們荷蘭商人確實比以前更團結了——透過互相傷害的方法。」鮑爾繼續說道：「可是，已經不可能繼續這樣內耗下去了。如今，沒有任何單一勢力可以併吞另一方：我們勢均力敵。」

「你所屬的阿姆斯特丹商會不是最大的勢力嗎？」莫里斯反問。

「的確如此，但是一旦我們有行動，密德爾堡不會坐視不管，一定會串聯其他商會反制我們；同樣地，密德爾堡也無法併購其他公司。現在就是這個僵局。」

鮑爾點出了癥結點。一旁將臉孔藏身在兜帽之下的奧登巴那維，仔細地聽著鮑爾與王子的對話——在關鍵的時候，他將出手；鮑爾現在所說的一切，都是在為自己鋪陳。

「你想要我怎麼做。」莫里斯問。

「放任我們這些貿易商互相廝殺、等我們自行鬥爭出一個最強的公司，對共和國來說是最差的結局。還記得當年我和您提到過的，一個由國家出面成立的公司嗎？」

「荷蘭公司。」莫里斯挑起眉毛：「你想要我出馬，成立這家荷蘭公司？」

「是的，是時候了。論起共和國內最有威望的人，」鮑爾吞了一口口水：「就是殿下您了。」

莫里斯一言不發，表情冷若冰霜，看了看鮑爾，又看了看一旁的這位「助手」；奧登巴那維趕緊低頭，微微退了一步。

「最有威望的人？」莫里斯哼了一聲：「你想說的其實是奧登巴那維吧！」

「王子殿下，我絕對沒有不敬的意思。」鮑爾故作惶恐：「議長大人怎麼能夠與您相比呢？您可是國父威廉的兒子、不敗的戰神莫里斯！」

「不敗的戰神？哼！」一提到奧登巴那維，莫里斯顯然變得很煩躁，他用力一拍身邊的椅子：「還不是要服從議會的決定？他要我去攻打法蘭德斯（Flanders），我還能說不嗎？」

「殿下，您打贏了那場戰爭。」鮑爾提醒他。

莫里斯指的是「新港戰爭（The Battle of Nieupoort）」：共和國議會議長奧登巴那維，無視莫里斯的專業軍事意見，「下令」莫里斯率軍前往法蘭德斯地區，意圖「收復」敦克爾克（Dunkirk）。儘管不願意，莫里斯還是服從了議會的命令，率領騎兵和步兵，會合了遠從英格蘭趕來的援軍，前往法蘭德斯；並且在新港附近，與西班牙名將「虔誠者」阿爾布雷希特（Archduke of Austria）決戰。

莫里斯的聯軍與西班牙大軍發生了一場大戰，雙方死傷慘重，最後由莫里斯慘勝。但是他並沒有殲滅西班牙部隊，也沒有成功收復敦克爾克。

這成為了王子與議長之間的裂痕：莫里斯認為這場戰爭在戰略意義上是失敗的，而不懂戰爭的議長奧登巴那維要負責。

「死了兩千多人！沒有佔領任何地方！」莫里斯的拉高了音量：「我們根本還沒有成長到可以去『進攻』西班牙！」

「議長根本不懂戰爭，他只是個律師——這樣的人怎麼能夠代表共和國來籌組荷蘭公司呢？」鮑爾知道他今天的主要目的是來當和事佬，所以好話說盡：「我們需要的，是靠著鐵與血帶領荷蘭獨立的拿騷家族、拿騷的莫里斯！」

鮑爾這番話讓莫里斯聽得很舒服，心情不再那麼激動。他深吸一口氣，說道：「我不是瞎子，我有自知之明：比起我，七省的執政們服的是他。」

鮑爾不說話，他知道他的目的達成了。

「這件事情要成功，還要奧登巴那維出一份力。」莫里斯嘆了口氣，承認了自己在政治勢力上不如人。

「殿下，我們需要的不只是奧登巴那維，」鮑爾抬起頭，看著莫里斯：「還需要莫里斯。缺一不可，少了一個，都不是尼德蘭！」

莫里斯直盯著鮑爾，臉上有著複雜的表情。

「好吧，我知道你要我做什麼了。你想要我跟他盡釋前嫌，一起來主導這家聯合公司的籌備，是嗎？」莫里斯沉吟了一會兒：「就算我願意，他也不見得願意；法蘭德斯一戰，我們已經在議會裡面撕破了臉。」

鮑爾豎起耳朵。

「如果奧登巴那維願意不計前嫌的話，我也願意登門拜訪他，與他化解誤會。」雖然莫里斯是輕聲地說了這句話，但是在舊教堂的音響效果下，依然是擲地有聲。

「那有什麼問題呢？」鮑爾身後、披著罩袍與兜帽的奧登巴那維走上前來，露出自己蒼老但是充滿熱忱的面容：「殿下，聽到你這句話，真是叫我這個老頭子熱淚盈眶。」

「約翰？」莫里斯吃驚地看著奧登巴那維，然後又吃驚地看著鮑爾：「……這是你安排的嗎？鮑爾？」

「請原諒我，殿下。您知道我早有成立聯合公司的想法，但是您與議長的不和，讓我很困擾。」鮑爾低頭，請求莫里斯的諒解：「就在我困擾之際，議長大人主動找上我，要我放下阿姆斯特丹商會的成見，與其他商會合作。」

「如果我主動找你，你一定會避開我的，莫里斯。」奧登巴那維接著說了下去，一臉歉然：「若不是透過這種辦法，或許我們一輩子都沒有說真心話的機會。」

王子還處於震驚之中，想到自己剛剛在奧登巴那維面前說了那麼多「真心話」，顯得有點尷尬。

「我知道你不諒解我，在此，我真心地祈求你的原諒；雖然，我的道歉比不上兩千名荷蘭戰士的生命。」這位被威廉親王授予「無須下跪」的老議長，在十字架前咚地一聲跪了下來：「請原諒我的愚蠢，共和國的戰士們。」

「約翰……」老議長這一跪，讓莫里斯卸下了最後的心房，他也在十字架前、在奧登巴那維身邊跪了下來：「長眠在舊教堂的士兵們，也請原諒我，如果我更睿智，我就能帶領你們活著回來了。」

這座舊教堂的石頭地面，是用墓碑堆砌的，因為當年這座教堂是建立在公墓之上；後來，為國家捐軀的士兵們也被埋葬在這裡。在這座舊教堂中，莫里斯彷彿可以與自己死去的弟兄們對話——這就是為什麼他總在沒人打擾的清晨來此。

講道台上方的巨大彩繪玻璃出現了亮光，原來，太陽已經升起了。如此場景，讓兩名荷蘭政壇上的巨人心中莫名激動。奧登巴那維拉著莫里斯的手，老淚縱橫：「莫里斯，我老了，這個國家的未來要靠你了。」

莫里斯扶著老議長站了起來：「約翰，請原諒我的不成熟，我不該因為一場戰爭就跟你過不去，我知道你也是為了國家、想要反守為攻逼退西班牙。」

「你是軍事天才，經過法蘭德斯那一戰，全歐洲都認可了你的軍事才能。」奧登巴那維握住莫里斯的手：「只有我這個老頑固不懂你的好。」

莫里斯看著眼前這位在政治路上一路扶植自己的老前輩：雖然他老了，但是他的臉上還是刻畫著當年與「沉默者」威廉一起解放萊登的痕跡。莫里斯用力地擁抱奧登巴那維：「約翰，請別這麼說，繼續指點我這個不成材的學生吧。」

「那麼，王子殿下，讓我們一起來打這場、可能是荷蘭獨立以來最重要的一戰。」奥登巴那維平復了情緒：「號召六大商會放下嫌隙，一同成立聯合公司，打贏這場史上最大的商業戰爭！」

「議長，」莫里斯嚴肅地看著老議長：「莫里斯聽你差遣。」

阿姆斯特丹舊教堂門口

早起前來舊教堂做禮拜的神職人員以及阿姆斯特丹市民，被莫里斯的侍衛隊阻擋在教堂外，已經一小時了，人群開始鼓譟。

過去，莫里斯王子都會在市民前來做禮拜之前完成禱告，然後悄悄離開。但是今天卻遲了，教堂大門依然深鎖。

虔誠的教徒們擠在大門前，與侍衛隊保持十多步的距離，雖然不至於不滿、也沒有謾罵，但是士兵們堅持不願意透露教堂裡面有誰、為什麼要封閉教堂，這讓人群之間不斷在議論著。

「出來了！」突然，舊教堂的大門打開了，走出來了一老一少。那是老議長奧登巴那維以及荷蘭省執政官莫里斯王子。

人群發出一陣驚呼：議長與王子的不和，最近傳得沸沸揚揚；現在，大家卻看到莫里斯攙扶著奧登巴那維，緩緩走出教堂——到底發生了什麼事？

「各位！」奧登巴那維舉起了手，用他老邁的聲音大聲說道：「耽誤到各位的禮拜了，我在此致歉；但是我只怕還要再耽誤各位一點時間。」

人群越聚越多，阿姆斯特丹的市民都聚集在舊教堂前——那是個有信仰的年代。

「這陣子，大家可能都聽過，我和王子不和的傳言。在此我要聲明：」老議長拉起了莫里斯的手：「這是錯的，我們沒有不和。」

人群中響起了掌聲。

「人與人總會有誤解；有誤解，就應該想辦法去化解。」奧登巴那維繼續說著：「尤其，在荷蘭，我們沒有分裂的本錢。」

「我們處在一個低地的國家，只要一個大浪，都可能讓我們被北海吞沒。所以我們學會了團結、學會了溝通、學會一起分工合作解決國家的事情。」

「我們透過合議，建立堤防、建立水壩、建立風車，我們抽乾了海水，在泥濘之中建立自己的家園。上帝造海，荷蘭人造陸，這世界上沒有什麼事情，是我們辦不到的，」奧登巴那維用力跺了跺腳：「我的腳下就是證據！」

市民們發出歡呼。老議長接著說：

「對，沒有事情難得倒我們，」他振臂一呼：「包含荷蘭獨立！」

群眾又是一陣歡呼，有的人甚至激動地唱起了「威廉頌」。

「我們可以做到任何事情，但是必須要團結！」老議長揮揮手，示意群眾放低音量：「大家知道，這幾年來，我們的貿易商在遠東，取得了重大的成功；但是，龐大的利益也讓我們彼此勾心鬥角，再這麼下去，英格蘭就會迎頭趕上、葡萄牙人也會回到爪哇海——我再說一次，我們沒有虛耗的本錢！」

「大家聽好了，我知道你們之中也有貿易商：」奧登巴那維朗聲：「我們即將，成立一家聯合公司，不分阿姆斯特丹還是密德爾堡，整個荷蘭，從北而南，所有的貿易商，都必須放下成見，團結起來，加入這家聯合公司！」

群眾一片譁然！

「聽好了，我親愛的朋友、我尊敬的商人們！這不只是為了你自己，更是為了國家！」奧登巴那維用一種誠懇、發自肺腑的聲音：「六大商會彼此鬥爭，只會降低我們在國際上的競爭力；團結在一起，我們每一年可以派出千百條巨型商船，我們將獨霸遠東、不、我們將稱霸海洋！」

「只要我們團結！」老議長提高了音量，因為現場一片騷動：「我知道，有人說，荷蘭商會彼此鬥爭了那麼久，不可能團結的；我說，你們錯了！」

「看看我和王子！」他再度高舉莫里斯的手：「這就是團結的尼德蘭！」

奧登巴那維氣喘吁吁，看了莫里斯一眼：「該你上了。」

「親愛的阿姆斯特丹！我是拿騷的莫里斯！」莫里斯登台，群眾又是一陣歡呼，高喊著「不敗的莫里斯」。

「我將打開造船廠的大門，把所有的戰艦都提供給聯合公司！」莫里斯威武地宣布：「你們不再只是一個個小公司，共和國會全力支持荷蘭商人。」

「荷蘭人！讓我們一手拿著帳冊，一手拿著劍，用船上的大砲，把敵人都送去見上帝！」

莫里斯的發言雖然粗魯，但是激起了荷蘭人的愛國心，紛紛叫好。奧登巴那維稍作休息之後，再度登台，打斷了莫里斯的戰爭發言：

「大家，聽好了！這不是只有商人的事情，這家公司，屬於你、屬於我、屬於共和國！」他高聲宣布：「我們將對全國的同胞公開發行股份，讓全國的人民都成為這家聯合公司的主人！」

「把我說的話傳出去！傳到鹿特丹、荷恩、密德爾堡、恩克森、台夫特！告訴他們，團結的日子到了！我拼著一身老骨頭，也要他們放下嫌隙、團結一心！」老議長最後揮舞雙手，彷彿又回到了年輕時守衛萊登的時候：「叫那些還遲疑的人等著吧！奧登巴那維一旦下定決心，就一定會做到！」

第十三章

舌戰群商

De VII
Vereenigde
NEDERLANDSCHE
PROVINCIËN.
NOORD
ZEE
ZUIDER
ZEE
UTRECHT
C. et J.C. Sepp, Pater et Filius, sequentes omnes delineaverunt et sculpserunt.

本幅地圖為J.C. & C Sepp於1773年所繪的尼德蘭七省共和國地圖。本圖以66個方格（如下表所示）劃分出當時尼德蘭的地理位置（方格A至F等六格並未涵蓋任何尼德蘭共和國的國土）。我們可以在這張地圖上找到六大商會的所在地：荷恩以及恩格森位於第44格，阿姆斯特丹位於圖中第41格底部，台夫特以及鹿特丹位於第27格，密德爾堡位於左下第12格。荷蘭填海造陸立國，古今國土面積風貌差異很大。

			66	65	64	63	62	61
			55	56	57	58	59	60
			54	53	52	51	50	49
			43	44	45	46	47	48
		42	41	40	39	38	37	36
		29	30	31	32	33	34	35
	28	27	26	25	24	23	22	21
13	14	15	16	17	18	19	20	G
12	11	10	9	8	7	D	E	F
1	2	3	4	5	6	C	B	A

一六〇二年，不管荷蘭商人們再怎麼互相敵對，他們也敵不過輿論。奧登巴那維在阿姆斯特丹舊教堂（Oude Kerk Amsterdam）的登高一呼之後，整個荷蘭七省出現了共識：民眾要一個團結的共和國，而一個團結的共和國需要一家聯合公司。

儘管六大商會的高階層級對這個擁抱敵人的提案依然抗拒著，但是趨勢已容不得沒完沒了的勾心鬥角。大議長奧登巴那維鼓舞炒作出「一家荷蘭的聯合公司」的社會輿論氣氛，不止影響了一般的市民，就連六大商會內部的中階幹部、船長與水手們，私下也熱切地討論著這個想法。

在這股氛圍之中，那位代表阿姆斯特丹商會的特使，風塵僕僕地來到荷蘭南部的海運重鎮鹿特丹。

「開始吧。」在踏入鹿特丹商會大門前，這名特使對自己打氣。

第一站：鹿特丹

鹿特丹公司會議廳裡鹿特丹商會代表們齊聚一堂，一張長桌後方一字排開，一言不發地盯著坐在對面的這位北方特使。坐在正中央的，正是鹿特丹商會的兩位領袖：約翰・范德維肯（Johan van der Veeken）以及威廉・房龍（Willem Janszoon van Loon[1]）。

范德維肯首先打破了沉默：「有話快說吧，雷尼爾。」

被荷蘭議長奧登巴那維託付、代表阿姆斯特丹來與其他商會協商的這位特使，正是孔雀家族的雷尼爾・鮑爾。他用低沉的聲音朗聲宣揚：「鹿特丹的各位紳士們，我代表阿姆斯特丹商會前來，與各位討論合併的事情。」

現場譁然。范德維肯眉頭一皺，身旁的房龍哼了一聲，脫口而出：「阿姆斯特丹想併吞鹿特丹？作夢！」

「這不是併吞，是合併。」鮑爾迅速糾正，以免房龍把風向帶往對自己不利的處境：「是合作，不是競爭。」

「別跟我玩文字遊戲！」房龍反擊：「告訴你，鹿特丹商會在摩鹿加群島的胡椒市場稱霸天下，實力雖然不及你們北方人或是密德爾堡，但是想要吃掉我們，你們還沒那個本事！」

「稱霸摩鹿加？」鮑爾冷笑了一聲：「沒有阿姆斯特丹人在麻六甲海峽與亞齊作戰，你們的船隊有本事順利到達摩鹿加嗎？鹿特丹人，你們可曾和馬萊哈雅蒂的寡婦軍團打過任何一戰？」

房龍被鮑爾這一陣搶白弄得啞口無言，往椅背上一靠，盤起手來不發一語。

范德維肯環顧四周，鹿特丹商會成員雖然面露不滿，可是一言不發，因為鮑爾所說的確實是事實：鹿特丹商船是托了阿姆斯特丹戰艦之福，才得以順利經營位於摩鹿加群島的香料事業。

「說說你的方案，雷尼爾。」范德維肯開口了。

「六大商會以目前的規模，將資金全數併入一家新公司。每一家商會就像是一個個人股東，依照所出資金的規模，享有不同比例的股權、利益分配、以及發言權。」鮑爾開始

---

1 Willem Janszoon van Loon，威廉・房龍，根據一六〇二年三月二十日的聯合公司特許令，名列七十二人商會代表之列，屬於鹿特丹評議會。

威廉・房龍之所以特別，是因為他是一次大戰時期荷裔美籍新聞記者暨通俗歷史學家亨德列克・房龍（Hendrik Willem van Loon）的祖先。亨德列克・房龍所著的《人類的故事》（Story of Mankind）是影響我一輩子的書，開啟了我對於歷史的狂熱。撰寫這部小說的過程裡面，發現到房龍的先祖竟然也是東印度公司的一員，著實讓人興奮。雖然目前為止，我找不到完美的證據來證明威廉就是亨德列克的直系祖先，但是憑著兩人的姓氏、接近的家譜（荷蘭有個家譜網站，我從威廉・房龍往下追了四代；亨德列克・房龍網上追了三代，就在這個交界點斷了連結）、以及同樣出身於鹿特丹（在《人類的故事》序章，房龍在叔父的帶領下，攀爬了鹿特丹教堂），我想兩人有血緣關係是不會有錯的。

解釋他的想法：「所謂的『六大商會』將各自消滅；取而代之的，是六個『分公司』。」

「因此，並沒有所謂『併吞』這種事情。」鮑爾下了結論：「合併之後，對內各自維持現狀，掌握各自現有的銷售管道；不同的是，對外我們將是個統一的貿易與軍事的龐大集團，且按照出資比例，用公定的價格分配貨物給六個分公司。」

「唔……」鹿特丹商人們評估著鮑爾的提議：若是能夠維持現狀、無損鹿特丹的地位，那麼這個提議還可以考慮考慮。

「關於軍力武裝的部分呢？」房龍開口：「把我們合併起來，就能解決葡萄牙海盜以及亞齊海軍的問題嗎？」

鮑爾從懷中掏出一張羊皮紙，攤在商人面前的長桌上：

「六大商會諸君敬啟：

七省殷切盼望者，尼德蘭之團結爾。諸君手握七省未來，合則興，分則亡。合併一事若成，奧倫治拿騷家族（House of Orenje-Nassau）聽候差遣。

奧倫治親王儲　莫里斯・奧倫治——拿騷（Prince Mauritius van Orenje-Nassau）」

會議廳裡面陷入一陣沉默。良久，范德維肯開口了：「密德爾堡會答應嗎？」

「若阿姆斯特丹與鹿特丹團結一心，其它小商會只能在我們或密德爾堡之間擇一靠攏，我怎麼想，都覺得選擇我們比較明智。」鮑爾慢慢捲起莫里斯親王的密令：「等我們統合了五大商會，密德爾堡只能加入了。」

「你這隻賊孔雀，算得可真精！」房龍兩手一拍桌面，站起身來大聲問道：「鹿特丹的決定是什麼？」

眾人面面相覷，不一會兒，一名商人將手放在長桌上：「同意合併。」

商人們一個個將手放在桌上表示加入。范德維肯看了房龍一眼，喚人拿來紙筆，很快地起草了一份文件：

「此致六大商會諸君：

僅此，委任阿姆斯特丹商會之雷尼爾・鮑爾閣下，代表敝會全體，與諸君商議聯合公司事宜。

約翰・范德維肯　首席商務官　鹿特丹商會」

第二站：台夫特

台夫特新教堂內，鮑爾佇立在一個小祈禱室前面。祈禱室後面的地窖長眠著一位荷蘭人心頭上的人物。

「威廉・奧倫治—拿騷（Willem van Oranje-Nassau），奧倫治親王，荷蘭執政，長眠於此。」

「老親王在台夫特遇刺，實在是台夫特人永遠的痛。」一個中年男子站在鮑爾身後說道：「我們不能在他活著的時候保護他，至少在他死後依然守衛著他。」

「『祈求上帝憐憫這個國家及我的靈魂。』」鮑爾低聲念出了荷蘭國父「沉默者」威廉死前的遺言。

「天佑尼德蘭。」鮑爾身後這名中年男子神色肅然：「我聽說你從鹿特丹過來，是為了聯合公司的事情吧。」

「羅德斯坦閣下（Jan Jansz Lodestein），正是如此，我代表阿姆斯特丹和鹿特丹，誠摯地邀請您和台夫特加入。」鮑爾取出鹿特丹范德維肯的特使任命狀，遞給了台夫特商會的代表，楊・羅德斯坦。

「看來確實如我所聽到的，鹿特丹已經同意加入了。」羅德斯坦看了看手中的任命狀：「但是……」

「但是？」鮑爾問。

「你知道，我們才剛送出了鯊魚號（De Haai）前往東印度，此時此刻，討論聯合公司這個想法實在很尷尬。」羅德斯坦回答。

「閣下，請恕我直言：」鮑爾正色：「放眼所謂『六大商會』，台夫特是最年輕的商會。如你所說，你們才派出第一支艦隊前往東印度，還沒返航、甚至還沒抵達呢。」

「台夫特不是海港，你們的航海事業從今年（一六〇二年）才展開的，您不覺得，趁早加入聯合公司，借重阿姆斯特丹與鹿特丹的東印度經驗以及航海知識，能夠讓貴商會在遠洋事業上面事半功倍嗎？」

「鮑爾，」羅德斯坦有點茫然：「遠洋事業對共和國來說，是個新興的熱門事業，台夫特認為，我們不能在這波事業中缺席；但是如你所說，我們從來沒有航海事業，更沒有遠洋經驗。那麼，就你的邀請，台夫特在聯合公司又能扮演什麼樣的角色呢？」

「台夫特雖然不是海洋城市，卻是共和國裡面少數的手工業城市[2]。」鮑爾沒有停頓地繼續說：「憑藉著不輸給南尼德蘭的手工業——願上帝憐憫我們那些在西班牙皇帝統治下水深火熱的同胞——台夫特用工業的方式累積了資本。工藝以及資本，這就是台夫特的角色與本錢。」

「加入聯合公司之後，台夫特不需要將你們聰明的工匠投入在『如何製造遠洋船隻』這種事情上，」講到興奮處，鮑爾揮舞著手臂：「想像一下，台夫特在得到東方的新知識後，可以為荷蘭創造什麼新商品呢？」

「我知道阿姆斯特丹和密德爾堡將會主導聯合公司，但是，」羅德斯坦沉吟半晌：「你能夠保證在合併公司之中，台夫特能保有起碼一席董事的地位嗎？」

「金錢與權力，自古就是同義字。」鮑爾迂迴地說了這句話。羅德斯坦聽出了絃外之音：只要肯花錢，沒有買不到的地位。

「花錢買知識。」羅德斯坦笑了，掏出了羽毛筆，在鮑爾的特使任命狀、范德維肯的名字旁邊，簽下了自己的名字：「這是我的承諾：台夫特加入。」

第三站：恩克森

鮑爾才抵達恩克森，就被一群熱情的喀爾文新教徒擁簇著，來到了恩克森商會總部的英國塔。大門外一群商人們歡迎著鮑爾，為首的，是恩克森商會領袖，威廉．榮格（Willem Cornelisz de Jong）。

「雷尼爾，我的老朋友！」榮格，這位低調嚴肅的喀爾文新教徒商業領袖，難得地用熱情的方式擁抱了鮑爾：「總算盼到你了。」

「你知道我要來？」鮑爾有點詫異。

「你前腳才離開阿姆斯特丹，王子就派了信差來通知我們。」榮格拉了拉衣襟，回復成那位嚴肅的喀爾文教徒：「我以為你會先來恩克森呢。」

恩克森，是荷蘭發跡相當早的海港城市，一直以來，是北海地區最大的鯡魚市場。一五七二年，在「荷蘭叛變」之中，恩克森選擇支持當時的奧倫治親王威廉．拿騷，成立了

2 十六世紀的尼德蘭七省主要是以轉口貿易及北海漁業為主要經濟來源。

著名的「海上乞丐」艦隊，反抗西班牙的統治。自此，恩克森一直隸屬為奧倫治的莫里斯王子的政治與商業陣營。

「所以，恩克森同意加入聯合公司嗎？」鮑爾問。

「當然加入，文件在哪裡？讓我簽名吧。」榮格直接掏出了筆墨：「未來，恩克森不再只能屈就小小的北海跟那些維京海盜爭利；而是跟隨親王的旗幟，稱霸全世界的海洋！」

第四站：荷恩

贊丹造船廠裡，柯內里斯・芬恩（Cornelis Cornelisz Veen）手拿著設計圖，正大聲吆喝指揮著造船工人。

一艘荷蘭平底船預計七天後就要點收了，卻傳出進度落後的消息；凡事親力親為的荷恩商會會長芬恩，親自跑來監工。除了簡單的吃飯、必要的小睡，芬恩從沒有休息過，就這樣東弄西弄，已經弄了三天。

平底船，是荷蘭人近年來因應遠洋貿易而開發出來的新式船艦：寬大的平底底盤，捨棄了重型的武裝，犧牲了航速，卻有著比傳統船隻大上一倍的貨運量。除此之外，這種平底船被設計成組裝方便，加上減少了武器配置，使得建造成本便宜了將近四成。

更重要的是，由於船身較大、較長，船底較平，吃水相對淺，使得操縱船隻更為方便，因此，在船員的人數上也得以減半。

「真是一艘為了東方貿易而生的好船。」芬恩身後有人大聲地稱讚，他回頭一看，是阿姆斯特丹商會的鮑爾。

「雷尼爾，不是還有四天才要點收？」芬恩皺了皺眉頭：「難道……你信不過我？」

荷恩商會轄下的贊丹造船廠，是當時共和國內最大的造船廠，國內的松木杉木、北歐的銅鐵、以及東方的瀝青，都沿著贊河（Zaan）被運送到贊丹的倉庫儲存著。在這裡，一個月就可以製造出一艘遠洋大船。

幾年前，贊丹還只是生產北海漁船以及捕鯨船；這幾年，在莫里斯親王以及阿姆斯特丹商會的委託下，荷恩以及贊丹的工程師們，設計出了平底大船。眼前這艘正在趕工的平底船的買主，正是雷尼爾．鮑爾。

「放心，不是來催你的，」鮑爾拍了拍芬恩的肩膀：「我是再來下單的。」

「下單？」芬恩挑了挑眉毛：「平底船？要多少？三艘？四艘？」

「一百艘。」鮑爾板起了面孔：「如何？」

「一百艘！」芬恩跳了起來大叫：「你在開玩笑嗎？」

「不是開玩笑。」鮑爾掏出了特使任命狀，攤了開來：「你自己看。」

「阿姆斯特丹、鹿特丹、台夫特、恩克森，」芬恩一把搶過任命狀：「基督在上，鮑爾，你已經統合了四家商會了？」

「老朋友，等到六大商會合而為一，我們絕對會需要超過一百艘商船，毫不間斷地往返遠東與歐洲。」鮑爾信心十足地看著芬恩：「如何？荷恩商會要加入嗎？」

芬恩低頭看著紙上的簽名，又抬頭看了看鮑爾，再轉頭看向建造中的平底船；最後，他瞪著鮑爾：「雷尼爾，如果我再年輕二十歲，我真想自己搭著平底船到爪哇去。」

芬恩雖然貴為荷恩商會的首領，年輕時也曾經是個幹練的水手。荷恩這個城市，正是以出產優秀水手與航海家出名的。

「在我看來你依然年輕。」鮑爾笑著回答。

「不，我老了，爬不動船桅了。但是年輕人可以。」芬恩轉頭往造船工人的方向喊了一聲：「科恩！」

一個身材修長的黑髮少年連忙跑了過來，手上還抱著船隻的設計圖：「閣下，有何吩咐？」

「這個小子是我的新跟班，到羅馬唸書兩年了，最近剛好回荷恩休息；他老爸受不了這小子在家精力旺盛，把他扔到我這裡磨練。」芬恩跟鮑爾解釋著這位名叫科恩的少年來歷，接著問了科恩一句：「小子，你老爸把你送到羅馬學了些什麼東西？」

「閣下，家父讓我去學的是會計。」科恩恭謹地回答。

「會計啊，真遺憾，不是航海嗎？」芬恩抓了抓頭：「你想不想上船去，到東方的爪哇看一看？」

「閣下！」科恩挺直了背脊：「去東方一直都是我的心願！您願意讓我搭乘荷恩商會的船去嗎？」

「雷尼爾，幫我個忙，這個小子就跟你了。他窩在造船廠裡面太可惜，以後你就讓他跟著船隊出海吧。」芬恩伸出手，從少年科恩手上那疊設計圖中抽出筆來，在鮑爾的特使任命狀上面簽下了自己的名字：「小子，你搭乘的，將會是聯合公司的船。」

鮑爾摸了摸科恩的那頭黑髮：「科恩，你的全名是什麼？」

「楊・皮特森・科恩（Jan Pieterszoon Coen[3]）！」科恩恭敬地行禮：「聽候閣下差遣！」

3 楊・皮特森・科恩（Jan Pieterszoon Coen），日後成為荷蘭東印度公司的東印度總督。勇敢善戰、見識獨到，擊退了英國人以及萬丹的蘇丹，換取了今日印尼雅加達（Jakarta）的土地，建立了東印度公司在爪哇的總部，並且以古荷蘭的地名巴達維亞（Batavia）命名，成為第一任巴達維亞總督。科恩為人冷酷，曾經一怒之下屠殺班達島原住民一萬三千人，被稱為「班達屠夫」。這樣的一位總督，在荷蘭人心中曾經是英雄，但是在爪哇海上，是一位讓人聞之喪膽的惡魔。一六〇七年，他從羅馬學習會計歸國，回到了出身地荷恩，在東印度公司成立之際，加入了公司，時年二十歲。

目前並沒有證據指出科恩與鮑爾在東印度公司成立之前有所交集。不論科恩的功過，我相信這樣一位大航海時代的人物，在少年時期對於亞洲所抱有的熱情，都是純粹而純真的；那麼為什麼這樣的熱情日後會走樣呢？我想提出這樣的疑問，所以安排科恩在此登場。

第十四章

沙洲明珠

MIDDELBVRGVM
D.D. PRÆTORI CONSVLIBVS,
VRBIS MIDDELBVRGENSIS

第五站：密德爾堡

「閣下，馬上就要登陸了。」年輕的黑髮少年科恩彎身進入船艙，喚醒他那正在閉目養神的主人。

「跟我一起到甲板上看看吧。」雷尼爾．鮑爾走出艙門，與他的新隨從科恩來到這條往返在澤蘭島嶼之間的快船甲板上，眺望著映入眼簾、越來越大的密德爾堡——這座要塞城市建立於公元九世紀，當初是為了抵抗維京海盜而建立的。如今，它已經發展成為尼德蘭南方最大的國際貿易中心，南尼德蘭的法蘭德斯人與英國商人，都會到此進行交易。

荷蘭與西班牙的「八十年戰爭」期間，西班牙哈布斯堡王朝控制了南尼德蘭地區（包含今日的比利時、盧森堡、法蘭德斯），而北方的尼德蘭七省共和國為了報復西班牙，透過密德爾堡封鎖了須爾德河（Schelde），使地處須爾德河上游的安特衛普無法透過海運對外貿易，導致經濟地位衰落。

而密德爾堡，就在這樣的歷史環境中，建立起自己南方海運重鎮的地位。

「這些密德爾堡商人，一面宣稱共和國需要他們來封鎖西班牙，轉過頭卻和西班牙人做生意——」鮑爾望著這座南方澤蘭省的商業重鎮，心中有股壓抑不下的不適感：「沒節操的傢伙！怎麼能跟敵人通商？」

澤蘭省鄰近南尼德蘭，無論是語言、文化、甚至是宗教信仰上，都更傾向於法蘭德斯地區的佛蘭芒（Flamand）文化。澤蘭省加入七省共和國，與其說是為了宗教自由，不如說是為了經濟的獨立自主：畢竟西班牙國王想要的是中央集權。

在這樣的歷史情結下，澤蘭省、密德爾堡，一直與北方的荷蘭省、阿姆斯特丹有著一些矛盾與衝突。

儘管鮑爾懷中已經有了五大商會的簽名背書，但是，到底能不能夠說服密德爾堡加入，他還是沒有十足的把握。

「只許成功，不許失敗。」鮑爾壓了壓帽簷，遮蔽刺眼的陽光，往岸上眺望：他約了一個重要的人物陪他一同前往密德爾堡商會。

巴爾薩札．德莫切侖，這位祖籍法國、有著勃艮地（Bourgogne）宮廷氣質的澤蘭商人，在港邊等著鮑爾的到來。

「鮑爾閣下，初次見面。」德莫切侖親切地伸出手，將鮑爾拉上岸：「早就久仰你的大名了。」

德莫切侖和鮑爾，儘管從未見過面，彼此有著驚人的相似性：鮑爾的孔雀家族是北荷蘭的金權世家，德莫切侖家族則是共和國的南霸天；除了家族同樣顯赫，這兩人也在這幾年積極投入遠洋貿易，憑著自己的本事，成為這個圈子內最有名的商業新貴；最後，在遠洋貿易上，兩人先後聘請了同一人作為他們的艦隊領袖：

柯內里斯．德郝特曼——柯內里斯先是擔任鮑爾的首席商務官抵達萬丹；爾後，又接受德莫切侖的徵召，率領著費樂公司（Veerse Companign）的艦隊前往亞齊，最後命喪於斯。

「德莫切侖閣下，感謝您的前來，我代表阿姆斯特丹的以薩克．勒米爾主席（Isaac le Meer，阿姆斯特丹商會最大股東，荷蘭首富）向您致意。」上岸後，鮑爾向德莫切侖脫帽致意：「如同您和主席在信中溝通的，希望閣下可以在密德爾堡會議之中支持六大商會的合併。」

「雷尼爾，請你放心，與其他商會合併，一直是我的主張。」德莫切侖表情沉重：「但是現在那幫人熱衷於自相殘殺，他們併吞了我的費樂公司，成立了密德爾堡聯合公司；又想要把其他的小商會一網打盡。」

「時間已經容不得密德爾堡再這樣蠶食鯨吞了。」鮑爾掏出了特使委任狀給德莫切侖：「五大商會已經聯手，密德爾堡只能聽從。」

「果然如傳言所說的，你已經統合了五大商會，真了不起。」德莫切侖面露欽佩：「我始終相信，尼德蘭的未來就在東方；而要在東方爪哇海上稱霸，唯獨團結。」

「上車吧，我跟你一起去密德爾堡商會。」德莫切侖打開馬車的車門，邀請鮑爾上車：「你就儘管發揮，關鍵時候我會支持你的。」

「科恩，你在荷恩商會有學過『旗號』吧。」在上馬車之前，鮑爾這樣囑咐著他年輕的隨從科恩：「帶著這面信號旗，到港口的燈塔去等我。仔細觀察著外海，一小時內，將有兩艘揚著親王旗以及阿姆斯特丹旗幟的船隻靠近港口；一見到它們，就打信號讓他們下錨、在十一點的時候對天鳴炮。」

「遵命。」科恩對鮑爾的命令沒有一點懷疑，一溜煙地往港口燈塔跑去。

鮑爾和德莫切侖抵達了商會總部，被帶領到商會會議室。牆上掛著兩張大旗：海中雄獅旗以及紅底黃堡旗，分別代表著澤蘭省以及密德爾堡。一名穿著華麗的密德爾堡商人坐在會議廳的正中央，而其他的商人們圍繞著他。

「他是亞德利安・譚哈夫（Andriaan Henriksz ten Haaf）。」德莫切侖小聲地提醒鮑爾。

「阿姆斯特丹的雷尼爾・鮑爾閣下，孔雀家族，久仰大名。」譚哈夫聲音洪亮，揮手示意請鮑爾坐下：「當然，還有我們的老朋友巴爾薩札。」

「譚哈夫閣下，」鮑爾回禮：「我僅代表阿姆斯特丹的勒米爾主席、鹿特丹的范德維肯閣下、台夫特的羅德斯坦閣下、恩克森的榮格閣下以及荷恩的芬恩會長，向您問好。」

密德爾堡商人們面面相覷——鮑爾這番「問候」，等於宣告了在他背後有五大商會。鮑爾銳利的眼神迅速掃視了在場所有的生意人，確定每一個人都聽得懂他那聲「問候」。

譚哈夫面無表情，兩手握住胸前的念珠不斷滾動：「鮑爾閣下真是了不起啊，一來就給我們一個下馬威，果然是北方作風。」

鮑爾注意到譚哈夫胸前的那串念珠，是玫瑰經念珠，代表譚哈夫是個天主教徒；不僅如此，還是很虔誠的那種。鮑爾決定暫時忽略這個宗教正確性的問題：「不敢，五大商會只是委託我作為代表，前來邀請密德爾堡加入聯合公司；沒有密德爾堡的加入，我們尼德蘭商人就是缺了一個很重要的一角，不算完整。」

「鮑爾閣下，請您了解。過去這幾年，沒有阿姆斯特丹或是任何商會的幫助，我們南方商人依然過得好好的。」譚哈夫開始抬高密德爾堡的身價：「憑著密德爾堡與南尼德蘭的友好關係，說實話，我不覺得我們需要加入什麼聯合公司。」

「閣下所言甚是。但在我看來，密德爾堡卻是將自己置身在一個恐怖平衡的遊戲之中，」鮑爾不動聲色：「我都為你們捏了一把冷汗了呢。」

「此話怎講？」譚哈夫問。

「上鉤了。」鮑爾接著說：「密德爾堡的繁榮，建立在共和國封鎖須爾德河的政策上；沒有這個政策，密德爾堡要怎麼與百年古都安特衛普競爭呢？」

「你也知道我們封鎖了安特衛普，」譚哈夫不屑地說：「正因如此，共和國才能得到一點經濟上喘息的空間。在我看來，沒有我們的幫助，共和國才會落入萬劫不復的深淵。」

「譚哈夫大人，這話說給我聽可以，千萬別讓莫里斯王子一派的人聽到。」鮑爾一臉惶恐：「畢竟奧倫治拿騷黨人（親王派），對於密德爾堡私下與西班牙人交易、無視封鎖禁令這件事情，早就心懷不滿了；聽到您這番言論，我怕他們不止撤銷海上的封鎖船艦，甚至會直接砲轟密德爾堡啊！」

「他敢？」譚哈夫提高了音量，雙手用力捏緊玫瑰念珠。他被鮑爾的話激怒，頓時失去了一開頭的沉穩與平衡感。

鮑爾摀住嘴巴，一副失言的樣子：「不不，閣下千萬不要誤會，這只是我胡亂的猜測而已。」

「猜測之前，我看你最好把密德爾堡的地理位置好好弄清楚。」譚哈夫繼續發洩他的怒氣：「密德爾堡位處澤蘭沙洲之上，本身就是個要塞，易守難攻；澤蘭沙洲就在須爾德河的出海口，握緊了南尼德蘭的咽喉。不論是西班牙還是莫里斯，想要動我們，都沒那麼容易！」

「澤蘭沙洲嗎？」鮑爾接著譚哈夫的話：「這倒是稀奇了，一個沙岸海港，作為近海貿易的港口還沒問題，我可從來沒聽過哪個遠洋港口建立在沙洲上。」

「你是建築師嗎？」譚哈夫一臉嫌惡：「懂什麼！」

「我當然不是建築師。但是很顯然，任何一個建築師，都不會想把遠洋港口建在沙洲上。」鮑爾忽略譚哈夫的批評，順勢說下去：「我聽說，須爾德河這幾年不斷沖積澤蘭沙洲，你們的港口吃水越來越淺了吧？」

「雷尼爾．鮑爾！你到底想說什麼？」譚哈夫的念珠被他緊緊握住。

「認清現實吧！密德爾堡諸君！」鮑爾站了起來大聲地說：「你們的繁榮是因為共和國與西班牙的爭鬥，牆頭草的心態雖然讓你們在這個勢頭上賺了不少，但是隨著泥沙淤積以及遠洋貿易的興起，密德爾堡正在快速喪失你們的地理優越性！」

「你現在是想說，密德爾堡已經不行了是嗎？」譚哈夫問道：「沒有密德爾堡商會支持共和國，你猜共和國還能在經濟上對抗西班牙多久？要不要試試看？」

「密德爾堡，」鮑爾重新坐了下來，放緩了他說話的語氣，給予在場的眾人一點喘息：「我來，是想給各位一個更加繁榮的機會。」

譚哈夫焦躁地撥動著手中的玫瑰經念珠，不發一語。

「如今五大商會已經聯手，如果密德爾堡加入我們，從此以後，我們將是同一個公司。密德爾堡可以分享阿姆斯特丹的軍艦、台夫特的手藝、恩克森的北海網路、荷恩的遠洋船艦，以及——」鮑爾逐一列舉其他商會的優勢，藉此增加聯合公司的價值：「鹿特丹的深水海港。」

眾人陷入一陣議論。六大商會固然都是有權有勢的勢力團體，但是各自卻是因著不同的優勢而成功，無論是先天的或是後天的。其中，最讓密德爾堡覬覦的，就是鹿特丹的良港。密德爾堡商人有自知之明，自己的港口已經不足以因應逐漸蓬勃的大規模的遠洋貿易；而同樣屬於共和國南方的鹿特丹，正是一個最佳的替代方案。

雙贏或是雙輸：零合賽局

「你想要什麼？」譚哈夫問。

「須爾德河的控制權，」鮑爾說出了他想要的東西：「從此由聯合公司掌控；密德爾堡必須與其他商會一同分享與萊茵河上游各國進行商業貿易的權利。」

「不可能！」譚哈夫大手一揮：「送上須爾德河，等於是白白送上了安特衛普、根特（Gent）、布魯塞爾（Brussel），太不划算了，不幹！」

「這可由不得你，亞德利安・譚哈夫！」坐在鮑爾身旁、一直沒有出聲的德莫切侖突然出聲，打斷了譚哈夫。

「這是我德莫切侖家族所有財產的證明文件，裡面包含了當初譚哈夫併購我的公司時所付的股權贖金！」這位貴氣的商人從懷中掏出了一份文件：「無論譚哈夫你要不要加入聯合公司，我，巴爾薩札．德莫切侖，將以家族的財產，全力支持聯合公司！」

他將財產文件往桌上一攤：「密德爾堡，不要被眼前這個短視近利的傢伙給控制了，想想鮑爾閣下的話。願意加入的，站到我這邊來！」

此舉出乎鮑爾的意料，他相當感激地看著德莫切侖。德莫切侖家族本來就是澤蘭省的大貴族，若是再加上當初的股權贖款，大約相當於整個澤蘭省五分之一的財產——這可不是開玩笑的：五大商會，再加上一個德莫切侖！

鮑爾打從一進到這座會議廳開始，就不斷留意著在場所有商人的神情；當德莫切侖出面支持聯合公司的時候，有將近一半的密德爾堡商人都面露懼色——當中有許多人是德莫切侖的舊識或長年的生意夥伴，因為情勢所趨，暫時依附在譚哈夫的權勢之下；德莫切侖在南方有多大的影響力，這些商人自了於心，他們陷入了兩難。

「荒唐！」譚哈夫破口大罵，讓那些心猿意馬的商人們趕緊低下頭、乖乖歸隊在商會的領導下：「德莫切侖閣下，你身為一個驕傲的南尼德蘭人，竟然說得出這種巴結北方佬的鬼話，太讓人失望了！」

「我提醒各位！」譚哈夫站了起來，環顧了在場所有人一眼：「密德爾堡商會的商船正在從亞洲返航的路上；數量上雖然比阿姆斯特丹少，但是出發時間卻早了你們四個月——也就是說，我們的船隊會比阿姆斯特丹早四個月回來。」

「我們正在跟南方各國的貿易商簽訂香料貿易合約，當船隊回來的時候，立刻就會將大量的香料傾銷到市場上；」譚哈夫惡狠狠地盯著鮑爾：「我們狠賺一筆之後，香料價格就會垂直滑落，阿姆斯特丹船隊就算帶回更多的香料，也只能賤價求售。你們，等著虧錢吧！」

會議廳中的氣勢很明顯改變了，譚哈夫說的都是事實，密德爾堡搶了先機，現在正掐著阿姆斯特丹的喉嚨。

「荷蘭商人們一直都是這樣自相殘殺，所以我才想要改變。」鮑爾嘆了一口氣：「密德爾堡的各位這麼短視近利：破壞市場價格——搶先賺個一筆兩筆，卻把香料市場搞爛了，這樣值得嗎？」

譚哈夫鐵青著臉，坐回座位上捏著他的玫瑰經念珠：「在商言商，天經地義。」

「各位，聯合公司就是要避免這種競爭，帶給各位更長遠的利益。」鮑爾朗聲道：「六大商會這種削價競爭的行為，只會把香料市場在短短幾年內迅速搞爛；假如我們合作起來，則可以有完全不同的結果。」

「我們一年可以派出上百條船前往亞洲採購香料——上百條船啊，各位，那可是足以把整個香料群島的香料一掃而空的數字。」鮑爾手舞足蹈地解釋著：「我們買進了所有的香料，讓英國人、葡萄牙人連一粒胡椒仔也買不到，各位想想，接下來市場上會發生什麼事情？」

「香料的價格保證直衝雲霄！」一旁的德莫切俞脫口而出：「我們的香料可以用天價賣出！」

「蠢話！」譚哈夫反駁：「等你把手中所有的庫存出清的時候，價格只會更爛！」

「出清？」鮑爾冷笑：「為什麼要出清？」

他緩緩走到場中央，臉上閃過一絲陰沉：「買進所有的香料只是為了壟斷市場，確保只有我們手上有胡椒。我們只用天價賣出少數的香料，剩下的庫存——」

「通通燒掉。」

「燒掉？你瘋了嗎？」一些密德爾堡商人叫出聲來：「千辛萬苦才得到的胡椒，為什麼要燒掉？」

「如果燒掉這些香料可以讓我們賺更多，那麼為什麼不做呢？」鮑爾反問：「這件事情，沒有任何一個單一商會做得到：密德爾堡做不到，阿姆斯特丹也做不到，只有聯合公司有辦法。」

會場中眾人開始議論，商人們開始討論聯合壟斷的可能性；這讓譚哈夫著急了，他可不想將自己的密德爾堡商會拱手讓人：「大家靜一靜！這都只是這隻賊孔雀的片面之詞，我們吃了阿姆斯特丹的苦頭還不夠多嗎？」

「一旦我們同意合併，阿姆斯特丹鐵定會蠶食鯨吞我們的銷售管道，最後把我們一腳踢開——什麼聯合壟斷？最後只會肥了阿姆斯特丹！」譚哈夫想要喚起大家對阿姆斯特丹的仇視：「這就是北方佬一貫的手法！別被騙了！」

面對譚哈夫的仇恨言論，鮑爾笑了：「這個老傢伙沒招了。」

「這些年來，密德爾堡給我們的苦頭也沒有少過。」他的表情從嚴肅轉為輕鬆：「如果諸位決意繼續競爭對抗，那麼只好請各位再吃吃阿姆斯特丹的苦頭了。」

「什麼意思？你這是威脅我們嗎？」會場中一片騷動與憤慨。

鮑爾抬頭看了看靠在會議室牆上的、裝飾華麗的壁鐘，心想：「馬上就要十一點了，讓科恩去辦的事情，不知道有沒有辦妥？」

「沒問題的，科恩這小子精明得很，絕對不會讓我失望。」鮑爾相信他這個剛收的跟班：「密德爾堡，再看看我為你準備的這齣好戲吧。」

「各位知道，去年（一六〇一年）一月的時候你們送了一批艦隊去亞洲，比阿姆斯特丹早了四個月；」鮑爾提高了聲量：「想必各位也知道前年阿姆斯特丹派出的八艘船滿載而歸的故事了。」

「范聶克的艦隊，」譚哈夫哼了一聲：「誰不知道？」

「那麼，各位知道在同一年的稍晚，阿姆斯特丹『又』派了兩艘船前往遠東嗎？」鮑爾狡猾地笑了：「就在昨晚，他們已經進入北海，滿載了胡椒。」

「你少騙人！」譚哈夫大吼。

「轟！」外海傳來一陣巨大的砲響；鮑爾看著壁鐘，正好十一點。

「發生什麼事情？」商人們驚慌失措，一些人趕忙跑到窗戶旁眺望；譚哈夫強作鎮定，因為他發現鮑爾神色自若，自己可不能漏氣了。

「是阿姆斯特丹的戰艦！」外海煙霧散去，一名商人總算看清了船隻的旗號。

「艦隊的確是阿姆斯特丹的，但是不是戰艦，是我剛剛說的、從萬丹回來的武裝商船——我讓他們別急著回去，先到這裡跟大家打聲招呼。」鮑爾氣定神閒，他知道大勢已定：「不過別擔心，我們不打算馬上把這批胡椒賣出。」

「你想怎麼樣？」密德爾堡商人們急切地問道——這兩艘武裝商船讓他們亂了手腳。

「這就要看諸君如何決定了。」鮑爾緩緩坐下：「諸君如果同意合併，這批香料就會等到密德爾堡的船隻回來之後，再用一個統一價格賣出；不然嘛——」

鮑爾停了幾秒鐘，他快壓不住逐漸上揚的嘴角。「我們會等，等到密德爾堡船隊進入北海，我們馬上就會在市場上傾銷胡椒。」鮑爾丟出最後一句狠話：「大家同歸於盡，看看誰有本事虧錢！」

現在，鮑爾可說是左手拿著胡蘿蔔，右手拿著棍棒。

密德爾堡動搖了，商會代表們彼此快速交換意見。剛開始，還因為顧忌著譚哈夫的權勢，竊竊私語；漸漸地，討論的聲音越來越大，商會分裂看來已經無法避免。譚哈夫眼看自己已經快要喪失對商會的控制權，焦急地一拍桌子大喊：

「安靜！」

騷動停止了，商會代表們、鮑爾、德莫切侖，全部都盯著譚哈夫看。譚哈夫臉色漲紅，左手緊緊捏住胸前的念珠。過了半晌，他鬆開了手，往椅背一靠，長長嘆了一口氣。

「……加入。」譚哈夫輸了，他虛弱地重複了一次他的投降宣言：「密德爾堡加入。」

公元一六〇二年三月二十日，阿姆斯特丹、密德爾堡、鹿特丹、台夫特、荷恩、恩克森，以及其餘荷蘭城市的七十多名代表們，齊聚在當時的荷蘭政治中心海牙（de Hague），在七省執政者們、莫里斯王子以及大議長奧登巴那維的主持下，共同簽署了一份文件。

荷蘭東印度聯合公司特許狀。

一六〇二年，就在這一年，這個地處歐洲西邊的一個低地小國，開啟了她將近兩百年的黃金時代。尼德蘭商人們在北海激起的小小漣漪，將乘著時代的海風，在全世界的海洋上掀起一波兩百年的巨浪。

第十五章

菲德烈的遠行

「眾所皆知，國家的存在是為了全民的幸福；為了促進國民的利益以及福祉，尼德蘭七省聯合執政在此宣布，賦予聯合東印度公司（Vereenigde Oost-Indische Compagnie, VOC）在遠東地區航行與貿易的獨佔權利。」——一六〇二年特許令（Octrooi VOC 1602）前言節錄。

菲德烈．德郝特曼受到阿姆斯特丹市長的召喚，要他前往市政廳。這位「先行者」剛結束了代表荷屬東印度公司（VOC）常駐安汶（Ambon）的任務沒多久，回到母國休養著。菲德烈漫步在街頭，不時有人認出這位當年率先抵達萬丹的「德郝特曼兄弟」。每當被人認出來，他都會微笑點頭致意；心中卻有一種說不出的苦楚：「柯內里斯，我們的名字如今響徹低地，可惜哥哥你卻無法見到今日的光景。」

「一名監察人將代表荷蘭執政參與董事會，確保一切的決定都在公正公開的情況下順利進行；董事會透過議事，決定船務、貿易、戰爭、資本支出等事宜；所有的分公司（即前六大商會，荷文為Kamer，英文為Chamber）董事必須以公開、統一的價格交易商品；如果遇到爭執、無法透過董事會議決議，則由荷蘭執政進行仲裁。」——特許令第一、三、六條。

迎面走來了一群商人，與菲德烈擦身而過；他們的口音混雜，有的屬於本地，有的屬於南方的密德爾堡。這群東印度公司的商人正討論著即將在秋季舉辦的拍賣會，商議要如何定價才能聯合封殺荷蘭的競爭對手英國佬。

「北方人與南方人一起同心協力，真想不到。」菲德烈低頭發笑了，看來他駐派在香料群島的這幾年，荷蘭商人已經打破以往的地域黨派成見，團結一心與外國人競爭著。

商人們談的拍賣會，指的是春秋拍賣會，是十七、十八世紀時期，一場令全歐洲貿易商為之瘋狂的展會。由荷蘭東印度聯合公司主辦，經常在阿姆斯特丹等六大分公司所在地舉行。除了該季荷蘭商船從遠東運回來的商品，來自歐洲全境的貨物，源自亞洲、歐洲、非洲、甚至是美洲的的奇珍異寶或大宗商品，在每年兩次的拍賣會上都能找到。荷蘭商人為了建立起商譽，在拍賣會之前，會先仔細地將商品按照品質以及產地分類。正因為商品種類多、貨源充足、品質穩定，使得阿姆斯特丹拍賣會成了當代歐洲最大（可能也是世界最大）的商展。

「在特許令的保障下，東印度公司可以代表荷蘭執政，在不違反公開的法律下，於上述區域內行使建築堡壘、締約、宣戰、以及審判的權力。」——特許令第三十五條。

前面就是水壩廣場了，路上孩子們正在嬉鬧，裝扮成荷蘭船長跟英國水手作戰。菲德烈看著孩子們揮舞著木棍的樣子，腹部的刀傷不自覺地隱隱作痛著，他伸手撫摸了一下這個舊瘡疤。

去年底（一六一八年），英國人為了奪取東方利益，集結重兵攻打查雅加達（Jayakarta，雅加達的古名），把荷蘭東印度公司總督科恩給打退——科恩就是當年那個在荷恩被造船師傅推薦出海的實習生小伙子；而這個鐵血的科恩逃到摩鹿加，此刻正在召集整個南洋的荷蘭戰艦，準備跟英國佬一決死戰。

「科恩大概會贏吧。」菲德烈在心中計算了一下公司在東印度的總兵力，別說是英國佬了，就算是西班牙的無敵艦隊看到了海面上由荷蘭艦隊築起的長城，也要嚇得屁滾尿流。

這些年，公司一手拿著帳冊，一手拿著槍砲，與亞洲人進行交易；除非亞洲人願意與荷蘭人獨家交易，否則就準備吃槍砲的苦頭——這成了十七世紀全球貿易的常態。透過帳冊槍砲模式，低地商人很快獲取了整個東印度群島的控制權，甚至把勢力拓張到北方的中國與日本。

但是每天晚上，當菲德烈躺在床上闔上眼，進入眼幕的，是海面上無情的硝煙與戰火，以及戰禍過後，當地人憤恨的眼神。

「愧疚嗎？不，這都是為了尼德蘭。」——菲德烈這樣說服著自己；而且他知道，其他的荷蘭總督們，心中是不會有一絲愧疚的；尤其那位查雅加達新總督科恩，他根本沒有眼淚。

在抵達市政廳之前，菲德烈繞到港口看看那些歸來的船隻，尋找熟識舊人的臉龐。從碼頭往回走的時候，他看到了一座新建的建築：東印度公司總部。

菲德烈只進去過一次，在他被任命為安汶總督的時候。水手們並無緣進去那座總部，他們只能在稍遠的船務局進行登記還有領取薪資。

總部，只有商人們能進去——那些最高級的商人，所謂的十七紳士。東印度公司的核心集團董事會之中，有所謂十七名被選出的「執行董事」，稱之「十七紳士（Heren XVII）」，負責公司的重大決定。

公司每年在春秋兩季，這十七名執行董事必須會面、開會，每次會議為期七天，決議公司接下來半年的採購項目、貿易方針、出船數目，以及商討春秋兩季拍賣會事宜。

在阿姆斯特丹的小小會議室內（今日的阿姆斯特丹大學，Universiteit van Amsterdam），他們是決定了東方世界的生殺大權的人。

當時，莫里斯王子所代表的七省執政、以及奧登巴那維所主掌的法議系統，透過特許令，賦予東印度公司在亞洲自行開戰的權力、以及海上對商業敵國葡萄牙、西班牙（如今更擴大到英國）的海上開火權。每當遇到戰爭的時候，十七紳士必須立刻集結，在最短時間內作出戰爭的決議。

十七名執行董事，分別來自前六大商會：阿姆斯特丹八位、密德爾堡四位、台夫特一位、荷恩一位、鹿特丹一位、恩克森一位，剩下的一名執行董事，由阿姆斯特丹以外的五個分公司成員輪流兼任——這樣的設計，是因為南方的密德爾堡擔心北方的阿姆斯特丹擁有過半投票權而完全主導公司。

「坐在阿姆斯特丹的嶄新大樓裡頭，動動嘴皮子，就能把亞洲搞得天翻地覆——不知道這些紳士們有沒有意識到自己到底做了什麼。」菲德烈意識到自己的想法，覺得有點困窘：「造成這一切的，不就是我嗎？」

「公司一旦開始獲利，就應該儘快達成每年對股東發放百分之五分紅（股利）的承諾；特許令實施十年後或是到期時，投資人可以領取當初的投資額；同時，他們的股權是可以自由轉移的。」——特許令第七、十七條。

菲德烈在荷蘭被視為英雄，因為他們當年的壯舉，奠定了今日東印度公司的基礎。如今的公司每一年都為母國帶來驚人的獲利，但是頭幾年可不是這樣的：特許令設計的分紅主義，使得公司在維持其龐大的營運成本以及對外擴張上遭遇到極大困難：因為賺的利潤無法留在公司內。

直到一六一三年，科恩第二次抵達萬丹之後，向公司提出了一個亞洲內部貿易網：

用印度古加拉（Gujarat）的紡織品換取蘇門答臘（Sumatra）以及萬丹的胡椒與黃金；用香料與黃金換取中國的絲綢、茶葉、瓷器；用絲綢和香料向日本以及中東地區換取白銀，最後，用白銀來支付亞洲內部貿易網的成本。

如此一來，公司在亞洲各地興建碉堡、購買彈藥、維持日常開銷的費用都能自給自足了；每年從荷蘭帶來的資金則可以全數用在貿易上。

「科恩這小子雖然冷血無情，但是聰明。」菲德烈對於這位公司內的後起之秀有著很高的評價，但是也對他的性格戒慎恐懼。

快步離開了公司總部，前方出現另一個充滿回憶的建築：范歐斯之家（Huis van Os），當年他與哥哥柯內里斯在這裡挾海圖自重、取得艦隊主導權的地方。本來這裡就是商人們購買保險、交換情報之地，但是現在人潮更多了。大家瘋狂著迷的已經不再是保險，而是一種全新的金融商品：股票。

除了原本六大商會的原始股東之外，東印度公司為了籌措更多的資本、支持遠洋貿易，開始對外發行新的股票。任何人都可以對東印度公司進行投資，進而成為股東，享受特許令中承諾的分紅。

東印度公司發行了一種憑證——股票，作為投資人出資的證明。股票的概念由來已久，但是東印度公司發行的這種股票，卻導入了一種前所未有的概念：股份是可以轉移的。公司的股東們有了出售股票的利潤，也降低了公司營運需要資金的壓力，這大幅提高民眾購買股票的意願。

一六〇九年，世界第一間證券交易所「阿姆斯特丹證券交易所」，在當年大名鼎鼎的保險鉅子——范歐斯的家中成立，比倫敦證券交易所早了一百年。

阿姆斯特丹市政廳

穿過了瘋狂叫價購買股票的人群後，菲德烈總算抵達阿姆斯特丹市政廳。

「菲德烈．德郝特曼大人，市長恭候多時了。」市府人員大老遠就認出了他來，將菲德烈帶往市長的辦公室。

「菲德烈！歡迎歡迎！」市長見到菲德烈，拋開了手中的文件，繞過桌子走過來給他一個熱情擁抱：「我親愛的表弟，好久不見了！」

菲德烈擁抱了這位阿姆斯特丹市長，他的表兄、東印度公司的創始人、六大商會團結的遊說家、孔雀家族的族長：雷尼爾．鮑爾——這座商人的城市，選擇了商人之王作為他們的市長。

「的確是好久不見。鮑爾家與德郝特曼一家並不親，連結彼此的，只有航海。」——起碼菲德烈是這樣想的；或許對他這位表兄來說，兩家的連結只有利益。當年鮑爾與德郝特曼兄弟在航海學院會面，至今超過二十年，菲德烈見到鮑爾的次數不超過五次。

鮑爾蓄了鬍子，頭髮轉為銀灰，臉上多了皺紋；儘管位置更高了，財富更多了，菲德烈卻覺得這位表兄不再有當年推動東印度公司成立的熱情，雙眼不再有神。

「雷尼爾，找我來有什麼事嗎？」菲德烈開門見山地問了，省去了那些彼此之間根本不存在的噓寒問暖：「是公司的事？」

「是——」鮑爾也收起了市長的職業笑容，示意菲德烈坐下：「也不是。」

菲德烈盤起了手，洗耳恭聽；當年鮑爾的一席話，讓他們兩兄弟率領第一艦隊蘭船東去，改變了他們的一生。

「我知道普藍修斯又委託你前往東方進行探險，」鮑爾開口：「想要探索在香料群島以東、一片全新的土地。」

菲德烈點頭承認。范聶克的第二艦隊返航之後，白鴿號的船長威廉．楊頌聲稱他在香料群島以東，探索到一段很長的海岸線——那是新的大陸嗎？或是僅僅是一座大島？普藍修斯作為東印度公司的製圖師，要求公司派遣一隊冒險隊前往了解。

「不是非你不可，」鮑爾說出了他的請求：「冒險家有的是；我想你留下來幫我。」

「幫你？」菲德烈挑了挑眉頭：「我有什麼幫得上忙的嗎？你可是阿姆斯特丹市長、孔雀家族族長。」

「你是共和國的航海英雄！」鮑爾露出了他一貫用來說服人的笑容：「現在國內的政黨紛爭正烈，我希望你能作我的副手，用你的名聲助我一臂之力，穩定政局。」

「什麼航海英雄，我還差得遠了。」菲德烈揮了揮手：「范聶克、范華威他們的成就比我還高。」

「你姓『德郝特曼』，」鮑爾點出了重點：「第一個抵達東印度的荷蘭人。」

「謝謝你的恭維，但是我還是不懂，如今你是奧倫治派當中的紅人，更是少數能夠直接見到莫里斯王子的人物；你曾是『十七紳士』之一，現在依然是公司的大股東——」菲德烈提出疑問：「要權有權，要錢有錢，在共和國裡面呼風喚雨，還有什麼是你做不到的？」

鮑爾咬著下唇，沉思了一陣子，才低聲說出他的難處：「……我要處死奧登巴那維。」

「處死？」菲德烈大驚，忍不住叫了出來：「那個大議長奧登巴那維？那個東印度公司幕後推手的奧登巴那維？」

鮑爾立刻舉起手制止他說下去：「不要聲張。你對我來說，不只是『先行者』，你還是我的表親；在檯面上這些有影響力的人之中，我只有你可以信任了。」

「為什麼是奧登巴那維？」菲德烈冷靜了下來：「非要他死不可？」

「他是我們奧倫治派的頭號反對者，儘管他主導的艾敏尼斯黨人已經被我們擊潰，但是他的支持者遍佈七省——這個失勢的老議長，誰知道哪天又會東山再起。」鮑爾說這話的時候，儘管壓低了聲音，但是菲德烈依然感到一股濃濃的恨意。

十年河東，十年河西；曾經，莫里斯王子、奧登巴那維、以及鮑爾，是一同催生東印度公司的政商共同體；但是此後，彼此之間的利害衝突越演越烈。

荷蘭共和國，一個以新教立國的民族國家，原本存在的目的，是為了反抗信仰天主教、打壓新教的西班牙宗主；漫長的獨立戰爭中，原本單一的喀爾文教派，逐漸演變出了兩個立場迥異的派別；看似是宗教派別，背後卻有著更多的政治色彩。

已故的荷蘭神學家艾敏尼斯（Jacobus Arminius）的學生們組成了「諫議派」（Remonstrants[1]），他們否定了喀爾文教派的「預定論（誰能上天堂，上帝早已有安排）」，主張良心的自由。諫議派對於天主教徒、以及其他非喀爾文教派的宗教團體較為寬容——這樣的宗教寬容態度，是奧登巴那維支持的。

商業上，莫里斯王子在看到東印度公司的成功後，又積極運作、想要成立一家負責大西洋與美洲貿易的「西印度公司（West Indische Compagnie, WIC）」；這個公司雖然名為貿易公司，事實上卻常常以海盜手段掠奪西班牙船隻。立場上傾向與西班牙停戰、和平共處、休養生息的奧登巴那維，就相當反對西印度公司的成立。

而在政治上，奧登巴那維提倡與西班牙議和，並且在一六〇九年主導過十二年停戰協議——這大大地冒犯了莫里斯王子的禁忌：他的父王被西班牙暗殺、他的部隊弟兄們與西班牙有血海深仇——在他的眼裡，值此國家危急存亡的關鍵時刻，任何挑戰國家信仰的，都是異端、都是同情西班牙的叛國者。同時，歐洲各個新教國家也容不下諫議派對喀爾文預定論的挑戰，於是，以王子為首的奧倫治派所組成的「反諫議派」（Contra-Remonstrants）相應而生。

一六一八年，莫里斯王子逮捕了所有的諫議派人士，包含了大議長奧登巴那維，以及相關的哲學家、法學家。接著，在多德雷赫特（Dordrecht，又被稱為多特，Dort）召開了為期半年、新教歷史上規模最大的會議「多特會議」，荷蘭、英國、瑞士、以及神聖羅馬帝國內的新教國都派人參與。會議中，他們一致譴責「諫議派」的艾敏尼斯主義。「反諫議派」大獲全勝。

莫里斯王子得到了國內以及國際輿論的支持，在會議後，開始迫害所有的諫議派：諫議派的命運，不是被監禁、殺害，就是被流放。而阿姆斯特丹市長鮑爾，正是「反諫議派」的頭號戰將。

「我已經發佈了對『諫議派』核心成員的通緝令，格來休斯（Hugo Grotius，律師、法學家，其『海洋自由論』主張公海可以自由航行，反對砲艦外交）這些領袖已經被逮捕。」

1 作者註：維基百科翻譯成「抗辯派」與「反抗辯派」，但是在此我延用張淑勤教授在《荷蘭史》裡面的翻譯，翻譯為「諫議派」與「反諫議派」。

鮑爾的眼中閃過一絲凶光：「馬上就要收網，拿下『諫議派』的指揮官奧登巴那維。」

「我不在共和國的這段時間，時局變化真大啊……。」菲德烈長嘆了一口氣：「老議長當年曾經守衛萊登、扶植王子、主導成立公司，甚至推動了與西班牙的議和——就算你們都不認同那紙和平協議，你不覺得他沒有功勞也有苦勞嗎？」

「此一時，彼一時。」鮑爾轉過身去，透過窗戶看著水壩廣場：「這二十年間，共和國變得富裕。這一切的一切，是因為我們在亞洲擊敗了葡萄牙人、掌握了香料貿易。」

「下一個二十年的財富在哪裡？」鮑爾指著牆上掛著的一幅美洲地圖：「在美洲，西班牙的國力已經大不如前，現在是我們來掠奪美洲的時候了。」

「西印度公司，是一個比東印度公司更偉大的計畫：透過與西班牙的競爭，共和國可以得到更多的財富，我們的艦隊真真正正可以遍佈全球，而我們奧倫治派將永遠作為共和國的領袖。」

「奧登巴那維老糊塗，為共和國奉獻一輩子，到了共和國將要勝利的時候，竟然跟西班牙議和，約定什麼互不侵犯。」鮑爾語帶嘲諷：「他已經不是當年那個睿智的議長了，只是個年老昏庸怕事的異端。」

菲德烈對於西印度公司並不是那麼贊同，他知道西印度公司的本質就是掠奪，但是鮑爾顯然是此事的最大支持者，自己說什麼也沒用：「諫議派已經潰散，民心也站在你們這一邊，有必要趕盡殺絕嗎？」

「斬草，就必須要除根。」鮑爾轉身面對菲德烈：「政治跟航海沒有什麼差別：陰險的大海上，你不能相信任何人。有機會打擊對手，就要打到他再也無法翻身——我以為像你這樣的航海家，應該要懂得這個道理。」

「或許吧。」菲德烈慢條斯理地起身：「但是我也受夠了。告辭。」

「站住！」鮑爾喝止他：「菲德烈，就算你不幫我，也不准洩漏今天我告訴你的一字一句，否則……」

「否則怎樣？」菲德烈毫不懼怕。

「里斯本的地牢你待過，萬丹的地牢你待過，亞齊的地牢你也待過，阿姆斯特丹的地牢，你可沒去過吧？」鮑爾語帶威脅：「我跟你保證，那可比你待過的所有監牢更難受！」

菲德烈哀戚地看著鮑爾，看著他這位被權力與慾望扭曲了的表哥：

「雷尼爾，在牢籠裡的不是我。你已經身處在這牢籠之中了。」

特塞爾碼頭

一六一八年五月十二日，大議長奧登巴那維被帶上了最高法庭，由他過去親密的政治夥伴、現在的政敵：雷尼爾・鮑爾宣告了他的死刑。

「你們別被蒙蔽而認為我是叛徒；我的行為虔誠，是一個真誠的愛國者——我將因愛國而死，願主垂憐！（荷文：Mannen, geloof niet dat ik een landverrader ben. Ik heb altijd oprecht en vroom geleefd, als een goed patriot, en zo zal ik ook sterven – dat Jezus Christus mij moge leiden!）」審判台上，他留下了這樣的訣別詞。

次日，奧登巴那維於海牙被斬首示眾。這位曾經與荷蘭國父、莫里斯王子的父親威廉親王一起站在萊登城牆上、抵抗西班牙的開國元勳，他最後的遺言是：「下手快一點，讓我感受不到死亡的苦楚。」

碼頭上，兩艘揚著東印度公司VOCA（VOC代表東印度公司，A代表阿姆斯特丹）的遠洋船，已經準備好要啟程。艦長菲德烈正在一名年輕的隨從陪同下，巡視著船隻的最後準備。

年輕隨從在船上東奔西跑做著各種確認，這場景讓菲德烈想起自己年輕時、在航海學院裡面學習的情景。他喚來這名隨從：「小子，第一次出海嗎？那麼興奮。」

「艦長大人，不是這樣的，」隨從有點靦腆地回答：「我有許多北海航行的經驗，但是前往東方，這還是第一次。」

「哦，前往東方，這有什麼稀奇的嗎？」菲德烈存心戲弄這個年輕人一下：「二十年來多少船隻往來歐亞，沒什麼大不了的。」

「不一樣的艦長，因為……」隨從正色回答，從他的眼中，閃耀著一種年輕人獨有的光芒，菲德烈覺得似曾相識：

「我們即將啟程，尋找新的、從未見過的土地（Wij nieuwe landen gaen soecken de noyt bevaren sijngeweest[2]）！」

2 此句出自於第一艦隊成員蘭伯特．畢斯曼（Lambert Biesman）寫給父母的家書。
作者註：我認為這句話可以代表當代荷蘭青年對東方的熱情。畢斯曼後來也率隊前往東方，前往菲律賓尋求貿易機會。但是很不幸地，在馬尼拉灣與西班牙艦隊作戰失利被俘。西班牙人給了他一個活命的機會：只要願意改宗，從喀爾文教派改信奉天主教，就饒他一命。出身奈梅亨、曾經是西班牙哈布斯堡王朝擁護者而且信奉過天主教的畢斯曼，卻堅決不改宗。在生命的最後，蘭伯特．畢斯曼，似乎找到了自己信仰、家族、以及國家的認同，身為南尼德蘭人的身份認同焦慮，在他死前獲得解放。最後他被處以絞刑。

✦ ✦ ✦

在此，我先行停筆。

此刻，荷蘭東印度公司縱橫天下的兩百年才正要開始，但是且讓我將故事以奧登巴那維的死亡作終。

這個故事，開始於一群人為了爭取宗教與經濟上的自由；結束於同一群人、粗暴地殺害了一個有著不同主張的人。

東印度公司，原本是為了突破葡萄牙人的海上壓迫而集結的商人組織；最後，卻成為了另一個迫害亞洲殖民地的加害者。

我們都會犯錯，因為我們依然還是穴居人；使用著進步的科技，心智卻依然原始。

荷蘭作家亨德列克・房龍（Hendrik van Loon）在他的著作《人類的故事》（Story of Mankind）中，引用了法國作家阿納托・法朗士（Anatole France）的文章作為結尾。在此，我也想用這段文字，在各位這段東印度公司歷史之旅的最後，和諸位分享：

「我越思考人生的問題，就越覺得我們應該選擇『諷刺』和『憐憫』作為我們的裁判者，正如古埃及人要求艾西斯女神（Goddess Isis）和奈芙蒂斯女神（Goddess Nephthys）對他們的死者所做的一樣。」

「諷刺和憐憫都是我們的良師益友。前者以她的微笑使人愉悅；而後者以她的眼淚使人生化為聖潔。」

「我所祈求的諷刺不是一個殘酷的神靈。她既不嘲笑愛也不嘲笑美。她的性情溫和而仁慈；她的歡笑可以解除對方的武裝，教我們嘲笑惡棍和傻瓜的就是她。如果不是有她的指引，我們定會脆弱得對那些人加以輕蔑和憎恨。」

插曲

漂泊的慈愛號

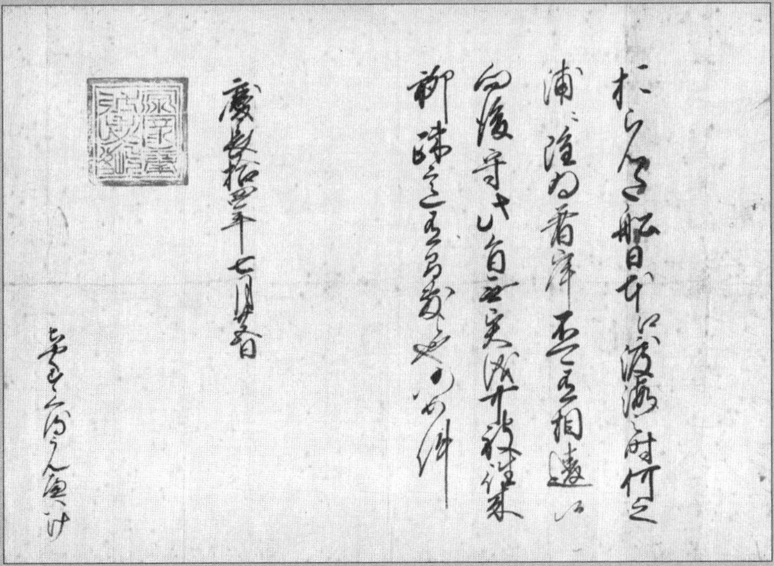

德川家康授予荷蘭人的朱印狀。

五名荷蘭水手，用盡他們殘存的體力划著小船，在太陽落下前，總算在一道險峻的海岸邊靠岸了。

疲倦不堪的水手們，儘管體力幾乎耗盡，但是依然奮力撐起身體、離開小艇，踏上這片陌生的土地。

「這裡……」楊．尤斯坦（Jan Joosten），慈愛號（Liefde）的二副，一臉茫然地看著眼前蒼鬱的樹林、以及寂寥的海岸：「……是萬丹嗎？」

天色很快暗了下來，水手疲倦地在海岸漫遊：無論這裡是不是他們的目的地萬丹，他們都必須儘快找到補給，然後趕快回到母船慈愛號上，他們虛弱的同伴們正在受苦。

遠方出現了零星的火光。一個、兩個，尤斯坦數著：十個、十五個。搖曳的火光漸漸靠近。

那是持著火把的人群。

「尤斯坦——」一名滿臉鬍鬚的高瘦水手伸手拉住了尤斯坦：「等等。」

尤斯坦停下腳步，緊張地看著蓄鬚的水手；其餘的水手也緊張地靠了過來，他們相信這個來自英格蘭夥伴的危機直覺：畢竟他的直覺已經救過慈愛號許多次。

「威廉，你覺得是敵人嗎？」尤斯坦一手搭在腰際的佩劍上。

威廉・亞當斯（William Adams）搖了搖頭，用他那不太標準的荷語說：「無論是不是敵人，都不友善。」

人群越靠越近，憑藉著火光，可以依稀辨認出大約有二十來人，吵吵嚷嚷地往尤斯坦一行人跑來。

「尤斯坦，你聽得懂他們的語言嗎？」亞當斯問了身旁的二副。尤斯坦是船上少數有著第一艦隊遠征萬丹經驗的船員，多少懂得一點爪哇語。

但是二副搖了搖頭：「不是爪哇語。」

我們到底來到了什麼地方？此刻所有的水手全都心頭一沉。

「少尉……」尤斯坦用亞當斯的官銜稱呼他，遇到這種危機，必須要倚靠職業軍人的決斷——亞當斯是個來自英格蘭的傭兵：「由你下令吧，該怎麼辦？」

該怎麼辦？人群越靠越近，現在亞當斯已經可以清楚地辨認來人的長相：那是他從沒見過的種族，矮小、五官扁平、留著奇怪的髮型，最重要的是——拿著奇怪的武器：一種彎曲的長劍。

「那麼，聽我號令，水手。」亞當斯一下令，連他在內的五名水手馬上伸手搭在劍柄。

「拔劍！」儘管身體衰弱，在亞當斯一聲令下，所有人還是迅速地拔出長劍，挺直腰桿，擴張身體，試圖要威嚇敵人。

矮人們被荷蘭水手的舉動嚇了一跳，紛紛停下了腳步，與亞當斯一行人對峙。

一陣馬蹄聲，矮人們讓道，一名騎著馬、穿著奇異鎧甲、看似軍官的人物來到了矮人陣中。軍官高聲喝斥著，尤斯坦完全聽不懂，但是手持武器的矮人們迅速散開來，把五名水手包圍住，一邊用奇異的語言吆喝著。

「打不贏。」亞當斯心中非常清楚，不自覺地，他用自己的母語英語高喊：「注意！」雙方人馬劍拔弩張，一場械鬥看來在所難免。

「放下武器！」亞當斯下令。他的夥伴驚訝地望著他，不知道他是在叫對方放下武器、還是要自己人放下武器。

「快點！放下武器！」亞當斯把手中長劍往地上一扔，轉頭命令自己的夥伴也放下兵器：「跪下！雙手抱頭保護好自己的腦袋！」

矮人軍團詫異地看著眼前這些金髮白人扔下武器、雙手抱頭跪了下來，一時之間反應不過來。接著，騎馬的軍官一聲令下，幾名膽子較大的壯漢撲了上來，壓制了這些荷蘭水手，隨即將他們五花大綁。

「威廉！」尤斯坦絕望地叫喊——捆綁的過程中，這群陌生人對他絲毫不客氣地拿走他身上值錢的物品；尤斯坦不從，就會被亂拳伺候。

「忍耐！」亞當斯不斷高聲要同伴忍耐，儘管自己也被粗暴地對待，但是他知道，這是保住自己以及同伴性命最好的辦法。

一名粗野的矮人壯漢往亞當斯臉上揮了一拳，他眼前一黑，昏死過去。

慈愛號

一五九七年，荷蘭遠征公司的第一艦隊，在首席商務官柯內里斯·德郝特曼的帶領下，歷經千辛萬苦，總算返回阿姆斯特丹。耗時兩年四個月，卻幾乎沒有獲利，人員死傷過半，還折損了阿姆斯特丹號；儘管如此，這次的壯遊，建立了荷蘭人的信心：「東方航路是行得通的！」

一五九八年六月二十四日，新成立的鹿特丹公司，派遣了五艘商船前往東印度，進行香料貿易。與第一艦隊不同的是，鹿特丹公司的船隊打算西渡大西洋，越過麥哲倫海峽（Estrecho de Magallanes），然後通過太平洋，抵達萬丹。這麼做的目的是想要避開掌握東方航路的葡萄牙人。

然而事情並不順利，在南大西洋的惡劣天候下，通過麥哲倫海峽的時候，只剩下了三艘船，橫渡太平洋的時候，其中一艘希望號（Hoop）遇到颱風沉沒；船隊只剩下了忠誠號（Trouw）以及慈愛號。接下來，慈愛號上發生了壞血病以及痢疾，船員一一倒下。喪失了航行動力的慈愛號，脫離了忠誠號，獨自在太平洋上飄流。

忠誠號繼續堅持航線，往萬丹航行。最終它抵達了摩鹿加群島，但是倖存的水手遭到葡萄牙人的攻擊，全數喪生。

悲劇的航程。但是，上帝似乎沒有放棄在大海上漂泊的慈愛號，在長達四個月的漂流後，在一個不知名的國度擱淺了。

被傳染病所苦的船員們，無力下船，只能由未染病的五名船員登陸探索，並且補充補給品。由二副楊・尤斯坦領頭，隊員之中還有一名英國傭兵威廉・亞當斯。才一上岸，五名水手就遭遇到當地陌生軍隊的襲擊，冒險隊被捕；稍後，慈愛號上所有的船員，也全部被羈押，船隻被沒收。

語言完全不通的情況下，亞當斯等人根本搞不清楚自己身在何方。被收押了幾晚，接下來，所有的船員被押上囚車，走了幾天，送到了另一個地牢。

次日，他們被帶領到一座巨大的宮殿，上百名身穿長袍的官員跪坐著；宮殿之上，坐著一名穿著華麗、頭戴高帽的一名男孩。在他身邊有著幾名鎧甲武士，以及一名傳教士。

亞當斯被迫跪倒，他仰頭看了宮庭上的男孩一眼，傭兵那兇狠的眼神，讓那孩子臉上露出驚恐的神色。鎧甲武士們大聲喝斥，一名士兵上前，一把按住亞當斯的頭，要他把頭低下。

「異鄉人——」傳教士從男孩身邊走向荷蘭水手，用葡萄牙語訊問（當時葡萄牙是海上霸主，歐洲的海員以及商人多半會說葡萄牙語）：「我代表家主，對你們進行訊問。」

「IHS……」亞當斯偷偷抬頭瞄了這名傳教士一眼，傳教士的修士服上，有一個徽章，上面寫著IHS，以及三根釘子：「……耶穌會。」

耶穌會（Societas Iesu），創立於一五三四年，由西班牙人羅耀拉（Ignacio de Loyola）所創立，目的是振興天主教。耶穌會的創立完全是因應新教的興起、所作出的反擊。在羅耀拉的軍事訓練下，耶穌會紀律分明，每一位傳教士都必須經過嚴格的思想教育以及考核後，才能展開佈道。

宗教戰爭期間，對新教徒來說，耶穌會就是他們最大的敵人。

「你們是什麼人？來自哪裡？」耶穌會傳教士問。

水手們面面相覷，不知道該怎樣回答。荷蘭與西班牙、葡萄牙是死敵。

「我們來自於馬賽（Marseille）。」精通外語的尤斯坦，模仿著法國人的腔調，用葡萄牙語回答：「想要前往爪哇（Java）。」

好大的一個謊。亞當斯心中捏了把冷汗，雖然他知道，承認自己來自荷蘭就是死路一條。假冒自己是法國商船，或許因為法國與西班牙、葡萄牙同屬天主教陣營，可以免得一死。

「主耶穌在上，你敢發誓你所說的是真的？」耶穌會傳教士有些不相信。

「我所說的每句話，字字屬實。」尤斯坦硬著頭皮回答。

「到爪哇島做什麼？」傳教士問。

「進行貿易。」

「你不知道，在教宗的指示下，德維角以東只能由葡萄牙人進行貿易嗎？」傳教士逼問。

在當時，所有的天主教國家都必須聽從教宗的指示，而教宗亞歷山大六世（Alexander VI，他是一名西班牙人）在一四九四年，協調了西班牙以及葡萄牙兩國，以德維角群島以西三百七十里格（League，古老的長度單位，約為三英里，或定義為三海里）為界，以西屬於西班牙，以東屬於葡萄牙——這條虛擬的界限，被暱稱為「教宗子午線」。

「我又不能冒充葡萄牙人。」尤斯坦在心中罵著，但是也只能硬著頭皮說：「我只是個水手，誰付錢，我就幫誰航海。」

「法國人是嗎？」傳教士歪著頭看著尤斯坦，改以法語說：「你來自法國哪邊？」

「……巴黎。」尤斯坦以法語回答，心中想著巴黎的腔調：「我在巴黎長大。」

耶穌會傳教士精通各種知識以及語言，但是尤斯坦也是語言高手，兩人一問一答，一時之間，傳教士還真找不出破綻。

於是他改成訊問其他人。

「你呢？你來自哪裡？」傳教士用法語訊問亞當斯。

亞當斯完全不會說法文，但是他大概猜得到傳教士的手段。

「我是英格蘭人，英格蘭傭兵。」誠實是最好的策略，亞當斯直接用英文回答。在大航海時代，優秀的水手自由投靠不同國家的船隊，是很常見的事情。

傳教士挑了挑眉毛，用英文問：「你不會說法語？」

「說得不好……」亞當斯硬是擠出一點生硬的法文。

「那你是怎麼跟船員溝通的呢？這是一艘法國船。」傳教士找到了破綻。

「我是傭兵，只要會打仗就好了。」亞當斯回答：「水手中有些人會說英語。」

訊問持續進行著，傳教士不斷變換各種語言，訊問每個水手的出身、來歷。每次編造一個謊言，就會遭到傳教士用各種方式逼問。

並非每個人都像是尤斯坦一樣能言善道、精通語言，很快地，這個「法國船隻」的謊言越來越站不住腳了。

「法國船隊？哼！」傳教士臉上露出厭惡的神色，直接用荷蘭文說：「我看你們是莫里斯（荷蘭莫里斯王子）的走狗吧！」

「夠了！耶穌會士！」亞當斯一看再也瞞不下去，挺身發難：「看在上帝的份上，你打算拿我們怎麼辦？」

「上帝只眷顧他的僕人，而你們……」耶穌會士冷冷地回答：「只是一些背棄神的異教徒罷了。」

傳教士用一種荷蘭水手沒人聽過的語言，快速且激動地與宮庭上的華服男孩以及鎧甲武將交談；接著，將領一聲吆喝，士兵們上前，拉扯亞當斯一行人身上的手銬以及腳鐐，往外拖去。

「混帳！你想拿我們怎麼樣！你對他說了什麼？」亞當斯破口大罵：「這裡到底是哪裡？」

「我告訴藩主，你們是來自歐洲的海盜，明天下午，你們就會在大阪城（Osaka）內被公開處決。」傳教士在胸前畫了十字：「願神憐憫你們的靈魂，歡迎來到日本（Nihon）。」

地牢的神秘訪客

「該死的耶穌會！」亞當斯用力地踢了牢房一腳，虛弱的身體一個重心不穩，讓他跌坐在地上。

「算了吧，威廉，」尤斯坦垂頭喪氣地坐在角落：「省點力氣。」

亞當斯靠著牆壁坐了下來，氣喘吁吁：「……尤斯坦，你聽過『日本』嗎？」

「只在馬可波羅（Marco Polo）的書裡面看過。你也讀過那一段吧。」尤斯坦：「每個水手都知道那段描述：黃金國，日之本。」

「你覺得那個天殺的耶穌會士有沒有騙我們？」亞當斯懷疑地問：「我們真的在日本嗎？怎麼會呢？」

尤斯坦沉吟了一會兒：「我們漂流了四個月，早就偏離了前往萬丹的航線……往北一路漂流，的確是有可能到了傳說中的日本。」

亞當斯冷靜了下來，他拍了拍自己的臉，想要集中精神思考：「這幾天我觀察了這個民族，發現他們的文明發展得很有規模：軍隊整齊劃一、又有建立高樓的本領（指大阪城），這的確和我理解的爪哇人很不一樣。」

「但是，最糟糕的，是我們完全無法溝通啊。」尤斯坦懊惱地拍了拍頭：「我們不會說日語，而他們也不會說任何一種歐洲的語言。再這樣下去，我們真的只能任由那個耶穌會傳教士擺佈了。」

「噓！有人來了。」亞當斯示意要尤斯坦安靜。

兩名身上戴著斗笠、罩著斗篷的日本人，在守衛的戒護下，來到了亞當斯與尤斯坦所在的牢房前；兩名歐洲人警覺地望著對方。披著斗篷的日本人向守衛下了指令、揮了揮手，守衛面有難色，但是還是畢恭畢敬地行了個禮，離開了。

「異鄉人。」其中一名日本人，拿下了斗笠——是一名年輕的日本青年，他用生硬的葡萄牙語說道：「聽得懂我說的話嗎？」

「會說葡萄牙語的日本人！」尤斯坦立刻湊上前去：「是的，大人，我聽得懂。」

「我的主人聽說有來自歐洲的船隻，想要見你們。」年輕的日本人說：「你們最好誠實回答我的問題，秀賴大人（Hideyori Toyotomi，豐臣秀賴，豐臣秀吉之子，豐臣氏第二代當主，大阪城主，當時統治了幾乎整個日本，是所有戰國大名的共主）已經判了你們死刑，你們接下來的回答，會影響我的主人願不願意為你們的生命作擔保。」

尤斯坦吞了口口水，轉頭看了看亞當斯；他的英國傭兵夥伴點了點頭，給了尤斯坦信心。

「你們是誰？來自哪裡？」日本人發問：「來日本有何目的？」

「大人，我名叫楊．尤斯坦，是荷蘭商船慈愛號的二副。」尤斯坦一個字一個字慢慢地回答，深怕講快了對方聽不懂：「我們代表的是荷蘭鹿特丹公司，前往遠東、爪哇島的萬丹進行貿易。」

年輕日本人用日語將尤斯坦的回答翻譯給另一名日本人聽，顯然那就是他的主人。主人取下了斗笠：是一名面色紅潤的老先生。他對年輕的翻譯說了幾句，翻譯問：「為什麼要在朝廷上對秀賴大人（Hideyori）說謊？」

「秀賴？」尤斯坦有點迷惑。

「那個小孩。」年輕翻譯偷偷瞄了他的主人一眼，有點心虛地用葡萄牙語說：「他是豐臣（Toyotomi）家第二代當主。」

尤斯坦有點詫異，隨即冷靜下來：「大人，我們是異鄉人，完全不知道自己流落何方，但是在朝廷之上，無論如何，我們是不能向葡萄牙傳教士表明身份的。」

翻譯將尤斯坦的回答轉達給他的主人，這位尊貴的日本老先生露出饒富興味的表情：「為什麼？」

尤斯坦開始解釋自從宗教戰爭以來，天主教徒與新教徒是如何敵視與仇恨，並且說明了西班牙與葡萄牙的聯合王國是如何打壓荷蘭、英國等新教國家——當然是從荷蘭的角度來說。

老先生顯然對於尤斯坦的話題很感興趣，當尤斯坦提到宗教自由的時候，這名尊貴的日本人打斷了他，透過翻譯：「荷蘭人是來傳教的嗎？」

「不，」尤斯坦吞了吞口水：「我們是來做貿易的。」

「貿易，很好；傳教，不好。」老先生臉上露出一抹神秘的微笑。接著，他從腰繫掏出一把火槍——亞當斯一看就知道，這是從慈愛號上沒收的火槍。

「你們會製作這個嗎？」老男人透過翻譯問。

尤斯坦看了看亞當斯——這是他的傭兵夥伴的專長。亞當斯點了點頭：「會。」

「火炮呢？」翻譯問：「能製作嗎？」

「是的，大人，我曾經在兵工廠工作過，我知道如何製作以及維修火器。」亞當斯回答。

老男人滿意地笑了，對他的年輕翻譯交待了幾句，然後就先行離開。年輕翻譯用日語叫喚守衛，並且下達一些命令；守衛一付很為難的樣子，似乎不願意聽從命令。只見年輕翻譯亮出了一塊牌子，上面有一個奇異的符號：三葉葵（德川家的家紋）。守衛見到了令牌，不再多言，低著頭打開了牢籠。

尤斯坦和亞當斯小心翼翼地問：「請問……這是怎麼一回事？」

「從今天開始，你們的命屬於我的主人的了。」翻譯指示守衛解開他們的手銬：「秀賴大人以及耶穌會的羅德里奎茲（João Rodrigues）大人那邊，我會去說明這只是一場誤會。」

亞當斯有點不可置信：「真的嗎？我們逃過一劫了嗎？」

「不用懷疑，」翻譯笑了笑：「記住是誰救了你們：即將君臨天下的德川家康（Tokugawa Ieyasu）大人。」

慈愛號倖存的二十四名船員們，在一六〇〇年四月二十九日，於日本九州豐後的臼杵靠岸，一行人被長崎奉行寺澤廣高逮捕；長崎奉行沒收了船隻、大砲、火槍、武器，將荷蘭水手押解到大阪城，請大阪城主豐臣秀賴進行審判。

在耶穌會士羅德里奎茲的主導下，一行人被指為海盜，監禁在大阪城內。五月十二日，五大老之一的德川家康秘密接見了他們，透過亞當斯以及尤斯坦的解說，讓德川家康瞭解葡萄牙人以及荷蘭人的仇恨，化解了誤會。亞當斯等人成為了德川家康對外貿易的顧問，同時教導日本人如何製作火器、以及建造能夠遠程航行的大船。

威廉・亞當斯多次向德川家康申請回國，但是都得不到准許。後來德川家康奪權推翻豐臣氏，成為征夷大將軍，成立德川幕府，排擠天主教以及葡萄牙人；這位來自英國、代表荷蘭航行的異鄉人，便順理成章地取代了葡萄牙人，成為德川家康倚重的助手，賜名「三浦按針」，搖身一變成為一名「外國武士」，終其一生沒有再回到英國的家鄉。

後記
我們又會留下什麼呢？

任何族群的英雄，都是另一個族群的惡夢，這個世道大致如此。閃族神話裡面的創世神阿胡拉馬茲達從深淵之上創造了光明世界，於此同時，深淵裡面傳來惡神阿利曼淒厲的哭喊：「不平啊！不公啊！」

從此，不平與不公，就是這個世界上苦難的根源。

一五九五年，荷蘭第一艦隊在柯內里斯．德郝特曼的帶領下，第一次探訪了印尼萬丹。在發生貿易不順遂的時候，柯內里斯下令炮轟萬丹城——這個戰爭命令，在後續的一兩百年間，成為了荷蘭人對待亞洲的一種行為準則。

柯內里斯成為萬丹蘇丹以及爪哇大君們的不歡迎戶，開啟了亞洲的惡夢；但是當他率領殘存的船隻回到阿姆斯特丹，卻受到了英雄式的歡迎：的確，這是荷蘭人第一次透過水路探訪亞洲，成功避開了葡萄牙人的海上封鎖，開創了接下來荷蘭的兩百年黃金時期。

柯內里斯或許殘暴（在死對頭英國作家眼中，他就是殘暴），在此我也沒有為他申辯的意思——不過回想那個保守的年代，就連歐洲人自己都互相歧視、互相討伐，哪能期待他們對膚色、信仰、語言都大不相同的爪哇人、印度人、甚至是漢人、日本人、台灣原住民發揮什麼人道精神或是什麼兼愛非攻呢？

物質貧乏、貪慾縱橫的歲月裡，眼光如豆的人們，不知道自己的一言一行，會對歷史產生何等巨大的影響。

二〇一三年，因為工作的關係，我再度拜訪荷蘭。這次，我特地拜訪了一座小城鎮豪達，順著當地的郝特曼運河（Houtmansgracht）來到了紀念德郝特曼兄弟的小公園。逆著陽光、以風車為目標，我找到了德郝特曼兄弟紀念碑。碑文上面寫著：

「Aan de gebroeders Cornelis en Frederik de Houtmanlnboorlingenen burgers van Gouda. Als grondleggers het verbondvan Nederland met Insulinde. Het dankbare nageslacht.」

大意為：「柯內里斯與菲德烈·德郝特曼兄弟，是豪達出生的公民。代表荷蘭草創了公約（意指東印度公司成立特許令）。後代子孫永不遺忘。」

紀念碑的頂端雕塑著一個蓋著一塊布的地球儀，緬懷德郝特曼兄弟為荷蘭人揭開地球另一端的面紗；紀念碑的四個面上有著四座黃銅的船頭，上面分別刻著一五九五年出航的第一艦隊四艘船名：莫里斯號、阿姆斯特丹號、荷蘭迪亞號、以及白鴿號。

這四艘船，帶給了荷蘭希望，就像是船員蘭伯特·畢斯曼在家書裡面寫到的：「我們將啟程尋找新的、從未見過的

土地（Wij nieuwe landen gaen soecken de noyt bevaren sijn geweest）」，但是對亞洲來說，這四艘小船，卻帶來了將近兩百年的殖民統治、帶來了災難。

昔日的巴達維亞（Batavia）、今日的雅加達（Jakarta），依然可以見到當初東印度公司的亞洲總部，如今已經成為一座博物館——而印尼政府疏於管理維護，讓這座過去殖民者的建築更顯破舊；豪達的德郝特曼兄弟紀念碑，上面充滿了青少年的粉筆塗鴉；阿姆斯特丹昔日的東印度公司舊總部，也已經成為了飯店以及圖書館，化身為一個在紅燈區稍不留心就會經過的平凡建築。

我在豪達的超市買了一罐胡椒，這些當年引起歐洲列強群起爭奪的黑色粉末，如今只不過是尋常百姓也能買到的平價商品。四百年前的柯內里斯，最終依然沒有在經濟上達到

成功，甚至在歷史上，只得到了「暴虐者」的形象；而他帶來了東西方衝擊，卻徹底改變了亞洲人的命運。

他的兄弟：菲德烈・德郝特曼，航海家暨天文學者，則在南天的星空中，留下了十二個荷蘭星座。

我們又會留下什麼呢？

國家圖書館出版品預行編目(CIP)資料

蘭船東去：胡椒、渡渡鳥與紅髮人的航海之旅 / 張焜傑作 . -- 初版. -- 臺北市 : 前衛 , 2019.05　面 ; 15*21公分
ISBN 978-957-801-872 -3(平裝)

857.7　　108002394

蘭船東去：胡椒、渡渡鳥與紅髮人的航海之旅

作　　者　張焜傑
責任編輯　張笠
封面設計　兒日設計
美術編輯　宸遠彩藝
出版贊助　NCAF 國|藝|會

出 版 者　前衛出版社
10468 台北市中山區農安街153號4樓之3
電話：02-25865708｜傳真：02-25863758
郵撥帳號：05625551
購書・業務信箱：a4791@ms15.hinet.net
投稿・代理信箱：avanguardbook@gmail.com
出版總監　林文欽
法律顧問　南國春秋法律事務所
總 經 銷　紅螞蟻圖書有限公司
11494 台北市內湖區舊宗路二段121巷19號
電話：02-27953656｜傳真：02-27954100

出版日期　2019年5月初版一刷
2020年2月初版二刷
定　　價　新台幣380元

　ISBN 978-957-801-872-3

*請上『前衛出版社』臉書專頁按讚，獲得更多書籍、活動資訊
https://www.facebook.com/AVANGUARDTaiwan